K.

ELLA-MARIA NUTTI

Kaffee mit Milch

ROMAN

Aus dem Schwedischen
von Wibke Kuhn

KINDLER

Die Originalausgabe erschien 2022 unter dem Titel «Kaffe med Mjölk» bei Wahlström & Widstrand, Stockholm, Schweden.

Deutsche Erstausgabe
Veröffentlicht im Rowohlt Verlag, Hamburg, April 2023

Redaktion Monika Heinz-Georgii
Das Zitat auf S. 6 stammt aus: *En tunn tråd* (dt. Ein dünner Faden). Interpret: Johan Airijoki. Album: *Allting kommer att bli bra*, 2017 (dt: Alles wird wieder gut)
Satz aus der Dante MT Std
bei Pinkuin Satz und Datentechnik, Berlin
Druck und Bindung GGP Media GmbH, Pößneck
ISBN 978-3-463-00043-5

Die Rowohlt Verlage haben sich zu einer nachhaltigen Buchproduktion verpflichtet. Gemeinsam mit unseren Partnern und Lieferanten setzen wir uns für eine klimaneutrale Buchproduktion ein, die den Erwerb von Klimazertifikaten zur Kompensation des CO_2-Ausstoßes einschließt.
www.klimaneutralerverlag.de

Für Mama

ist doch klar

Du hängst an einem dünnen, dünnen Faden
Sie verlässt dich, um in die Stadt zu gehen
Jetzt erlischst du wieder
Hast dich verirrt zwischen Traum und Wirklichkeit
Denn ich kämpfe darum, nach Hause zu kommen
Wie ein Schneesturm durch die Nacht geht die Liebe
Es ist ein dünner Faden, aber ich glaube, an ihm
Hängt alles

Johan Airijoki, *En tunn tråd*

Da vorne gehen eine Mutter und eine Tochter. Selbst wenn man nicht gewusst hätte, in welchem Verhältnis sie zueinander stehen, hätte man es ihnen angesehen. Obwohl sich die Tochter fast unmerklich wegdreht und einen halben Schritt vor der Mutter geht, ist es eindeutig. Ihre Gesichter sehen fast gleich aus, kein Make-up dieser Welt könnte diese Ähnlichkeit verdecken. Sie umarmen sich auf dem Bahnsteig. Die Tochter wendet den Kopf ab, während die Mutter sich an sie schmiegt. Der Zug kommt, und die Mutter steigt ein, hält sich am Griff fest und zieht sich hoch. Nachdem sie sich zurechtgesetzt hat, wendet sie den Kopf, um durch das staubige Fenster zu schauen und der Tochter zum Abschied zuwinken zu können. Die Tochter hat sich schon abgewandt und geht davon. Die Mutter sieht nur noch einen Rücken, der eine Treppe hinuntergeht.

Dienstag

DER PSYCHOLOGE SCHIEBT Agneta den Karton mit den Papiertaschentüchern hin, als wollte er sie zum Weinen ermutigen. Nie im Leben! Sie überlegt, ob er sie wohl in der Großpackung kauft, und wenn ja, wo er den Rest verwahrt. Ob es einen Papiertaschentuchvorrat im Keller gibt. Auf dem hellgelben Karton sind rote Blümchen. Sein Blick versucht, sich in sie hineinzubohren. Widerwillig hebt sie den Kopf, ihr Nacken schmerzt. Agneta wird noch wahnsinnig von seinen Augen, wie sie sie anschauen mit diesem Du-schaffst-aber-auch-gar-nichts-Blick.

«Das war jetzt schon mehrere Wochen Hausaufgabe, Agneta.»

Er sagt das, als wäre sie ein kleines Kind in der Schule, faltet die Hände über dem Knie und beugt sich vor, dass sein Sessel knarzt. Sein Dialekt ist auch nicht von hier, klingt eher nach Südschweden.

«Ich glaube, das kann ein wichtiger Schritt sein», fährt er fort, doch Agneta will keine Schritte machen. Sie will sich auf den Boden legen und mit den Fingerknöcheln fest auf den Kunststoffteppich schlagen. Alle beißen, die ihr zu nahe kommen.

«Tilda hat das Recht, es zu erfahren. Du kannst das nicht ewig verstecken.»

Er hat ein knabenhaftes Gesicht. Der Bart ist erst spärlich gewachsen, und wahrscheinlich schämt er sich dafür. Sollte er auch.

AGNETA SCHIEBT DIE Schneeschaufel vor sich her. Die Worte des Psychologen klingen ihr immer noch in den Ohren, und sie wünschte, dass der Schnee schwerer wäre und mehr Gedankenkraft fordern würde. Sie hält inne und trocknet sich den Schweiß von der Stirn. Ihre Mütze juckt, und das Haus ist zu groß. Hätte vielleicht für mehr Kinder gepasst, aber wie es nun mal ist. Jörgen steht mitten im Wohnzimmer und winkt, als er sieht, dass sie ihn sieht. Sie lehnt sich gegen die Schneehexe, und er streckt seinen krummen Daumen in die Höhe. Bewegung tut ihr gut, sagt er immer. Agneta muss sich eingestehen, dass das fürsorglich gemeint ist. Eigentlich sollte es ihre Tochter sein, die sie von dort drinnen beobachtet. Tilda hätte hinter der Fensterscheibe geredet und erwartet, dass Agneta sie hört oder ihre Lippen lesen kann, und Agneta hätte wie immer nichts verstanden, und dann wäre Tilda wütend vom Fenster verschwunden. Tilda weiß nicht, dass Jörgen jetzt bei ihr wohnt, aber andererseits gibt es vieles, was sie nicht weiß. Jörgen senkt die Hand und schiebt sie vermutlich in die Hose. Richtet sich wohl den Schwanz, der gerade ungünstig liegt. Sie redet sich ein, dass sie das süß findet. Der Schweiß klebt unter ihrer Jacke und kühlt sie aus. Sie braucht Wolle ganz nah an der Haut, die den Schweiß aufsaugen und ihn anschließend absondern kann. Das Haus ist schmutzig weiß, und die Garage hat fast dieselbe Farbe, aber wie hätte sie den Unterschied zwischen eierschalen- und sahnefarben sehen sollen, als sie neu streichen musste. Weiß ist weiß. Tilda fand das nicht. Als sie zum ersten Mal nach der Renovierung nach Hause kam, verdrehte sie derart die Augen, dass Agneta schon dachte, sie würden da hinten hängen bleiben. Und Agneta sagte, «na ja, dann hättest du vielleicht nicht ausziehen sollen, wenn du hier Mitspracherecht haben willst», und Tilda raste hoch in ihr Zimmer, das immer noch ihr Zimmer war und ist, gänzlich unberührt. Agnetas Vater hatte das Haus vor Urzeiten gebaut, und als sie dann schwanger wurde, tauschten sie. Ihre Eltern nahmen die Wohnung, und Agneta bekam das Haus. Und jetzt? Agneta wünschte, dass Tilda sich darum kümmern oder mal Interesse zeigen würde, das Haus zu übernehmen. Alles wäre leichter, wenn das Haus in der Familie bleiben würde.

Ihre Lungen pfeifen widerstrebend, sie halten die Luft zurück. Sie sinkt mit dem einen Fuß im Schnee ein. Mit den Armen kann sie sich nicht befreien, und bevor sie sich's versieht, schreit sie auf wie eine Wahnsinnige. Es hat noch nicht richtig gefroren. Sie wackelt mit dem Fuß, doch der sitzt fest. Ihr Körper zittert vor Anstrengung, und sie holt noch einmal Luft, diesmal etwas ruhiger. Der nasse Schneematsch dringt durch ihre Thermohose. Als sie sich endlich befreit hat, setzt sie sich neben das Loch, das ihr Körper im Schnee hinterlassen hat. Ganz unten sieht sie den Ast, der ihren Fuß festgehalten hatte. Es ist noch nicht mal richtig Winter.

EINE TOCHTER STEHT in der Dusche. Sie war anderthalb Stunden joggen. Ihr hellblondes Haar legt sich ihr aufs Gesicht, jedes Mal, wenn das Wasser über sie läuft. Ihr Hund liegt vor der Dusche und schläft. Seine kurzen grau gesprenkelten Beine hat er nach vorne und hinten gerade ausgestreckt, als wollte er sich dehnen. Als ein Knall von der Toilette kommt, schlägt er seine hellblauen Augen auf. Der Tochter ist die Shampooflasche runtergefallen. Es ist ein teures Shampoo für über zweihundert Kronen. Der Duschstrahl kommt nur schwach von oben, er muss ja für ganz Stockholm reichen. Sie sitzt jetzt auf weißen Bodenfliesen. Wenn sie putzt, schrubbt sie die Fugen mit der Zahnbürste sauber. Das Wasser spült ihr Make-up fort. Die Ähnlichkeit mit ihrer Mutter, die schon immer da war, ist plötzlich glasklar. Ihr zarter Körper zittert, aber man kann nicht sehen, ob sie weint, denn alles Wasser, das ihr vom Gesicht rinnt, sieht gleich aus.

Die Tochter kommt aus der Dusche und hat nur das dunkelblaue, dicke Handtuch um. Sie legt sich aufs Sofa. Scrollt auf dem Handy herum, das sie sich übers Gesicht hält. Sieht Bilder von Klassenkameradinnen mit teuren Handtaschen. Weingläser, mit denen sie sich zuprosten, obwohl erst Dienstag ist. Ein Himmel. Und da. Ein Bild mit einem Schneehaufen und darin ein Kind. Als es auf dem Display erscheint, legt die Tochter das Handy aus der Hand. Sie nimmt eine karierte Schlafanzughose aus dem Kleiderschrank, in dem alles schön ordentlich zusammengelegt und aufgehängt ist. Im Vergleich zum Rest der Wohnung, wo das meiste so gut wie unberührt wirkt, sieht die Hose alt aus. Sie ist Hunderte von Malen gewaschen worden. Der Stoff ist ganz weich.

ALS AGNETA REINKOMMT, zieht sich Jörgen gerade die Winterstiefel an.

«Ich hab Pizza bestellt», sagt er, während er nach der billigen Mütze greift, mit der er aussieht wie der letzte Heuler, weil das Giftgrün überhaupt nicht zu seinem Hautton passt. Die dunkelblaue, die sie ihm zum Geburtstag geschenkt hat, liegt unangetastet auf der Garderobe. Ist halt nicht so bequem und eingetragen. Klar gibt es Pizza, wenn du mit Essenkochen dran bist, sagt Agneta nicht. Er hatte wahrscheinlich einen langen Tag auf der Arbeit. Alle Zutaten für Bolognese-Soße und Eintopf und Fleischbrühe stehen eingekauft und säuberlich eingeräumt im schneeweißen Kühlschrank. Lebensmittel für Hunderte von Kronen – die Pizza muss *er* eben bezahlen. Er gibt ihr ein Küsschen auf die Stirn und knallt die Tür zu. Agneta geht ins Haus. Zieht ihren Pulli aus, ganz vorsichtig, damit er nicht an die schmerzenden Stellen kommt. Sie schaut auf ihre Brüste herunter, die wie verschrumpelte Weintrauben im ehemals weißen BH liegen. Jörgen lässt das Auto an, obwohl es zu Fuß zur Pizzeria höchstens zehn Minuten sind. Sie geht ins Badezimmer. Wünschte, der Fußboden würde sie durch ihre dünnen Socken wärmen. Das sollte eigentlich das nächste Projekt werden nach dem neuen Kühlschrank und der neuen Gefriertruhe. Eine Fußbodenheizung. Sie ist nicht dazu gekommen. Ihre feuchte Haut zieht sich zusammen, und sie steht schon mit einem Fuß in der Dusche, als sie es wieder bereut. Sie kriegt immer so schwer Luft in diesem ganzen Wasserdampf.

Jörgen schleudert seine Stiefel von den Füßen und reicht ihr die Pizzakartons. Er hat nicht gefragt, was für einen Belag sie wollte, sie nimmt ja doch immer denselben wie er, obwohl die Champignons so eklig sind. Die roten Kartons wärmen ihre steifen Finger. Seine Stiefel landen neben der Türmatte und werden nasse Flecken hinterlassen, in die sie später hineintappen wird. Aber Jörgen ist schon okay. Wenn man ihn mit anderen vergleicht. Sie kramt geräuschvoll Besteck und Gläser hervor. Nimmt die Milchtüte aus dem Kühlschrank. Anders konnte sich nie beherrschen und tief durchatmen oder bis zehn zählen, wie man es irgendwann lernen muss. Die andere Wange hinhalten, das war ein Ausdruck, den er noch nie gehört hatte. Agneta selbst hielt ständig die andere Wange hin. Hielt die eine und dann die andere hin, immer im Wechsel, bis beide ganz blau geschlagen waren und ihr beim Lächeln wehtaten. Ein steifes Lächeln, das sowohl innerlich wie äußerlich wehtat. Aber er war ja der Vater. Und Tilda schlug er schließlich nie. Dann kam Tilda in das Alter, in dem man anfängt, sich zu erinnern. Da stahl Agneta sich den Hausschlüssel zurück, den sie ihm gegeben hatte, legte seine Sachen auf die Vortreppe und versteckte sich für eine Woche bei Anneli. Agneta hätte nicht schlafen können mit der Angst, wütende Männerfäuste gegen die Tür hämmern zu hören. Tilda war noch klein, für sie war es wohl eher ein Abenteuer, woanders zu übernachten. Jörgen zählt immer bis zehn, und sie streiten auch nicht. Er passt sich Agneta einfach an, als wäre er aus Gummi.

Gerade rinnt ihm geschmolzener Käse aus dem Mundwinkel, der sich in seinem Bart festsetzt. Sie beugt sich vor und wischt ihn mit dem Daumen weg. Im Fernsehen läuft Eishockey, Luleå Hockey gegen HV71. Der Puck knallt immer wieder hart gegen die Bande. Der Fernseher gehört Jörgen und nimmt fast die ganze Wand ein. Jörgen merkt gar nicht, dass Agneta sein Gesicht berührt. Er wendet sich wieder seiner Pizza zu und den Champignons, die nach Dose schmecken. Dass er trotzdem bleibt. Immerhin etwas.

AGNETA MACHT DEN Reißverschluss an ihrer Daunenjacke bis oben hin zu. Hebt den Kopf, um sich nicht das Doppelkinn einzuklemmen, das früher mal Fett war und jetzt nur noch Haut ist. Wie so ein Huhn mit diesem ganzen Geschlacker. Sie zieht die Zigarettenschachtel aus der Jackentasche. Die Terrasse riecht nach nassem Holz. Eigentlich sollte sie ja nicht, das weiß sie, aber sie hält das Feuerzeug an die Zigarette und inhaliert so tief, wie sie sich traut. Rauchen ist ein bisschen wie Meditieren. Einatmen, die Luft schmecken und dann ausatmen, zuschauen, wie der Rauch sich langsam kringelt und verfliegt. Tilda hatte immer nur verächtliche Blicke für ihre Zigaretten. Als ob Agneta eine Wahl gehabt hätte. Und selbst wenn sie eine gehabt hätte, hätte sie sich wahrscheinlich trotzdem fürs Rauchen entschieden, wenn auch vielleicht eher aus Trotz. Natürlich weiß sie, dass sie aufhören sollte. Sie fummelt an der Zigarette herum, bis graue Ascheflocken zu Boden segeln. Aber wie soll das gehen? Wenn man seit seinem fünfzehnten Lebensjahr geraucht hat und Zigaretten gerade dann braucht, wenn es einem am schlechtesten geht? Kann man sie etwa zwingen, das einzige Gefühl von Ruhe aufzugeben, das ihr noch geblieben ist? Obwohl es schon dunkel ist, lassen sich die Baumwipfel am Horizont immer noch vom Himmel unterscheiden. Es sind noch keine Sterne zu sehen. Den Rosenbusch hat sie zurückgeschnitten, kurz bevor sie ihre Diagnose bekam. Es ist nicht sicher, ob sie ihn noch einmal blühen sieht, das war eine auf die Zukunft ausgerichtete Tat. Das Erdbeerbeet hat sie auch gejätet, an einem mückenreichen Sommerabend, an dem der Himmel hellrosa war. Sie dachte sich, hier sollen wieder Erdbeeren wachsen, damit wir nicht immer teure im Laden kaufen müssen und stattdessen unsere eigenen Beeren zum Eis essen können. Vielleicht kommt Tilda ja noch in den Genuss der Erdbeeren und Rosen. Falls sie sie überreden kann, alles hier zu übernehmen. Jedes Mal, wenn sie versucht hatte, das Haus zur Sprache zu bringen, hatte Tilda nur geschnaubt und die Augen verdreht. Der Drang zu erzählen verschlägt Agneta den Atem. Sie dankt Gott beziehungsweise eher sich selbst, dass sie ihr Handy zum Laden drinnen gelassen hat. Hier gibt es nichts zu erzählen. Noch nicht. Sie nimmt einen weiteren Zug. Pult ein Stück abblätternde Farbe vom Geländer vor ihr und klopft die Asche ihrer Zigarette in ein ausgedientes Marmeladenglas.

AUF DEM WOHNZIMMERTISCH einer Tochter liegen Zeitungen, die nicht Zeitungen heißen, sondern Zeitschriften. Sie greift nach etwas, was auf den ersten Blick so aussieht wie ein Wollknäuel, sich dann aber auswickelt zu einem Webstück. Ein längliches Plastikteil, und davon gehen Fäden ab, die am Ende zu einem flachen Band zusammenlaufen. Hauptsächlich rot, aber auch ein bisschen gelb. Mit geübten Händen zieht sie ein Weberschiffchen durch die Fäden, hin und her, und das Band wird länger. Weben tut sie nur heimlich. Sie atmet jetzt langsamer. Ihre Großmutter hatte ständig gewebt. Stundenlang saßen sie nebeneinander auf ihren Sesseln mit ihren an der Klinke befestigten Webarbeiten. Über diese Großmutter wird nur noch in der Vergangenheit gesprochen, denn sie ist tot.

ANNELI KLINGELT NICHT, aber Agneta hört, dass sie gekommen sein muss, als die Tür zuknallt. Anneli ist eine der wenigen, die die Tür gleich beim ersten Versuch zukriegen, aber sie hat ja auch schon von Kindesbeinen an den richtigen Kniff einüben können. Agneta verlässt das Eishockeyspiel und geht hinaus, um ihre Freundin zu begrüßen. Sie umarmen sich fest. Anneli hat nie mitleidige Augen. Ihre kurzen Haare sind ungefärbt und ringeln sich an den Schläfen. Die grauen Strähnen werden nicht versteckt und auch nicht kommentiert. Sie trägt eine weite Jeans und ein Funktionsunterhemd. Ein teures, blau gemustertes.

Als sie es Anneli erzählte, weinte sie nicht. Sie saßen sich wie immer gegenüber, so wie jetzt gerade, jede mit ihrer Tasse Kaffee vor sich, und die Worte kamen einfach so aus dem Nichts. Tränen tropften in Annelis schwarzen Kaffee, doch Agnetas Augen waren trocken. Die Worte waren zwar aus ihrem Mund gekommen, aber ihr Gehirn hatte sie noch nicht verarbeitet. Annelis Hand drückte ihre so fest, dass Spuren blieben. Du bist die Erste, die es erfährt, hatte Agneta gesagt, und Anneli hatte geschluchzt, laut geweint, bevor sie hervorbrachte: Aber was ist denn mit Tilda? Als ob Agneta jemals an etwas anderes dächte.

Anneli trinkt nicht aus ihrer Kaffeetasse. Das weiße Porzellan ist zerkratzt, nachdem es ein paarmal zu oft in der Spülmaschine gewesen ist. Sie hält die Tasse einfach nur mit beiden Händen fest. Es ist lange her, dass Agneta zu Hause bei Anneli war. Seit sie von ihrer Krankheit erfahren hat, haben sie sich immer hier getroffen, an ihrem Kiefernholztisch, der mal wieder eine neue Lackierung vertragen könnte. Mit der Tapete, die unten an den Leisten mitgenommen aussieht, weil Kinderhände daran gerissen haben. Es ist schwer zu ertragen, wie viel Leben Annelis Haus ausstrahlt. Und dann die Renovierung in der Küche, die deutlich macht, dass sie hier noch lange wohnen wird. An Annelis kräftigen Fingern sitzt immer noch Fett. Um ihren Ehering wölbt sich die Haut über und unter dem Gold heraus, wenn sie an ihrer Tasse herumfummelt. Agneta erinnert sich an die Hochzeit, wie sie mit aller Kraft gegen ihre Missgunst ankämpfen musste. Wie ein Mann Anneli so zärtlich ansah, als wäre sie das Zerbrechlichste und zugleich Stärkste auf der Welt. Das Wichtigste.

Nein, lieber ist sie hier zu Hause. Wo alles an den Tod erinnert, sodass sie nicht überrascht werden kann. Agneta wagt kaum, ihrer Freundin ins Gesicht zu schauen, sondern hält den Blick fest auf ihre Hände gesenkt. Der alte Holzstuhl knarrt, als sie sich bewegt. Auf dem Tisch hat sich ein Abdruck gebildet: das Wort *DEUTSCH*. Tilda hatte beim Hausaufgabenmachen schlechte Laune gehabt, und durchs Papier hatte sich die Spitze ihres Stifts ins Holz gegraben. Die Farbe landete nur auf dem Papier, doch der Abdruck blieb für immer. Als ob Anneli ihre Gedanken lesen könnte, hebt sie jetzt eine Hand und legt sie auf die von Agneta.

«Hast du schon mit Tilda gesprochen?»

«Alle nerven mich damit», sagt Agneta und zieht ihre Hand unter der von Anneli weg. Sie nimmt einen großen Schluck.

«Dir muss doch klar sein, warum.»

Ihr Magen knurrt vom Koffein. Immerhin ist sie seit vorhin gewachsen: Im Sprechzimmer des Psychologen war sie noch drei, jetzt fühlt sie sich wie dreizehn. Sie will nicht. Es gibt keinen besseren Grund als den, dass alles in ihr NEIN schreit. Sie will nicht hören, wie sich Tildas Stimme verändert. Das Weinen am anderen Ende der Telefonleitung. Oder noch schlimmer: das Nicht-Weinen.

«Du kannst das hier nicht länger verbergen, Agneta. Sie wird es dir bald ansehen.» Annelis Worte sind hart, aber Agneta antwortet immer noch nicht. Sie nimmt noch einen Schluck, der ihre Gedärme rebellieren lässt, denn sie vertragen den Kaffee einfach nicht mehr. Sie hingegen verträgt die Ermahnungen nicht, die von allen Seiten auf sie einprasseln, so als ob sie das hier nicht allein entscheiden dürfte. Sie ist immerhin erwachsen.

«Ich will erst, dass unser Verhältnis wieder gut wird», sagt Agneta, aber sie ist nicht sicher, ob Anneli sie hört. Sie steht auf, schiebt ihre Füße in die Pantoffeln und sucht in ihrer Daunenjacke nach der Zigarettenschachtel, während sie die Haustür aufmacht. Anneli bleibt noch ein paar Sekunden am Küchentisch sitzen, doch Agneta hört das Scharren ihres Stuhls, gerade als sie sich ihre Zigarette ansteckt. Anneli stellt sich einfach auf Strümpfen neben sie auf die Veranda. Obwohl sie vom Schnee freigeschaufelt wurde, muss sie durch und durch kalt sein.

«Darf ich?» Anneli deutet mit einem Nicken auf die Schachtel, obwohl sie eigentlich gar nicht raucht. Gula Blend. Extralang. Jetzt kann man die Umrisse der Bäume nicht mehr vorm Himmel erkennen.

«Ich verstehe, dass es schwer ist», beginnt Anneli, als sie ihren ersten Zug nimmt, obwohl sie es definitiv nicht verstehen kann. Agnetas Zigarette ist bereits zu einem Drittel abgebrannt. Anneli führt ihre Zigarette langsam zum Mund.

«Aber du kannst das jetzt wirklich nicht mehr länger rauszögern.»

Agneta drückt ihre Zigarette aus. Würde sich am liebsten sofort die nächste nehmen, aber sie hält sich zurück. Anneli würde sie garantiert anschauen mit diesem Willst-du-wirklich-Blick. Das ist außer der Sache mit Tildas Ahnungslosigkeit das Einzige, womit ihr alle in den Ohren liegen. Einmal kam Tilda weinend vom Hort und erklärte, sie sagen, dass du sterben wirst, und Agneta hatte gefragt, was sie denn eigentlich meinte. Man hatte ihr gesagt, dass Raucher sterben, und Agneta brauchte fast eine ganze Stunde, um sie zu beruhigen. Musste versprechen, mit dem Rauchen aufzuhören. Sie steht schweigend neben Anneli, die ab und zu husten muss, weil sie der Rauch in den Lungen kitzelt, die das nicht gewöhnt sind.

«Ich werde immer für Tilda da sein, okay?», sagt Anneli und zieht noch einmal kräftig an ihrer Zigarette. Agneta verlagert ihr Gewicht auf den anderen Fuß. Sie hat das Gefühl, dass das eins ihrer Probleme ist: dass Anneli bleiben und immer da sein wird. Agneta hätte auch viel lieber Anneli als Mutter gehabt als sich selbst.

AGNETA PUTZT SICH die Zähne. Der starke Pfefferminzgeschmack betäubt ihre Zunge, sie hört auf zu putzen und spuckt zu früh aus. Muss sich vor ihrem Zahnarzt schämen, falls sie es überhaupt noch einmal zu einem Kontrolltermin schafft. Ihren Termin abzusagen, kommt ihr abwegig und absurd vor, wie die totale Selbstaufgabe. Natürlich würde sie hingehen. Sich brav auf den Stuhl setzen. Viel zu viel Geld bezahlen und doch nicht das tun, was sie ihr vorschlügen, denn es hätte ja gar keinen Zweck. Agneta fährt mit der Bürste durchs immer schütterer werdende dünne Haar. Es bleiben so viele Haare an den Borsten hängen, dass man daraus eine hässliche Perücke machen könnte. Sie hat ihre Haarfarbe schon immer gehasst. Weder braun noch blond, eher verwaschen irgendwie. Sie sollte sich die Haare schneiden lassen, das ist nicht zu übersehen. Dann wäre auch diese Strähnigkeit nicht ganz so offensichtlich. Aber die langen Haare waren immer ihr ganzer Stolz gewesen. Etwas, worum sie sich kümmern konnte, nachdem Tilda sich von ihr losgerissen hatte. Viel zu früh. So, Mama, hör auf jetzt, ich komm schon alleine zurecht. Dabei hatte Agneta doch gesehen, wie sie vor lauter Zurechtkommen fast kaputtging.

Sie setzt sich mit dem Handy in der Hand auf die Bettkante. Das Bett hat einen Holzrahmen, der ihr in die Unterschenkel schneidet. Der helle Holzboden ist eiskalt, von irgendwoher zieht es. Es ist erst kurz nach zehn. Sie könnte noch anrufen. Es würde klingeln, dann würde Tilda drangehen, und dann könnte sie es ihr wahrscheinlich innerhalb einer Minute gesagt haben. Oder Tilda geht nicht ans Telefon, und sie kann am Dienstag beim Psychologen, ohne zu lügen, behaupten, dass sie es versucht hat. Sie holt sich Tildas Namen aufs Display. Nur den Namen, kein Bild und kein Herz oder so. Aber auch keinen Nachnamen wie bei Gunilla Hansson oder Sven Koski. Sie zögert. Was, wenn Tilda am Ende bloß mit den Schultern zuckt? Sie fährt mit der Fußsohle wieder über den kalten Boden. Merkt, wie sie anfängt, vor- und zurückzuschaukeln. Der Rahmen des Bettes drückt mal stärker, mal schwächer gegen ihre Beine, während sich ihr Körper bewegt. Obwohl es hier drinnen kalt ist, schwitzt sie. Schweiß, der sofort abkühlt, sodass sie zittert. Sie zieht sich die Decke über die Beine, um sie dann gleich wieder fortzuschleudern. Dann drückt sie, und die Verbindung wird aufgebaut.

EINE TOCHTER SCHAUT aufs Telefon, das neben ihr auf dem hellgrauen Sofa liegt. Auf dem Glastisch flackert ein Teelicht, und zwei weitere vor dem Fenster. Wenn man von draußen reinschaut, sieht es gemütlich aus. Das Telefon vibriert siebenmal. Dann drückt sie auf den grünen Hörer.

AGNETA HOLT LUFT, muss husten, aber nur kurz.

«Hey. Na, was machst du gerade?» Agnetas Worte kommen kurz und schnell, ihr Puls dröhnt ihr in den Ohren. Als Tildas Stimme an ihr Ohr dringt, schmilzt sie innerlich dahin.

«Nichts Besonderes. Und du?»

Small Talk mit leerer Stimme. Tilda klingt kalt wie Stahl, nicht wie Eis, sondern wie die Küchenspüle am Morgen. Agneta weiß weder, wann sich diese Kälte eingeschlichen hat, noch, womit sie sie sich verdient hat. Sie hat Windeln gewechselt, getröstet, Tildas Bedürfnisse immer vor ihre eigenen gestellt. Trotz Tildas kalter Stimme schmilzt Agneta weiter dahin, es ist doch schließlich ihre Tochter, und alle Entschlossenheit rinnt aus ihr heraus. Die Worte wollen ihr nicht über die Lippen kommen. Eigentlich gut so, denn so was kann man eh nicht übers Telefon erzählen. Aber hilft nichts, sie sollte trotzdem.

«Ich hab ein verlängertes Wochenende und hab mir gedacht, ich könnte vielleicht runterkommen. Je nachdem.» Agneta hat gar nicht gemerkt, wie sich diese Worte in ihrem Gehirn gebildet haben. Jetzt liegen sie ausgespuckt vor ihr, und sie kann sie nicht wieder zurücknehmen. Dabei hat sie schon seit mehreren Wochen nicht mehr gearbeitet, sie schafft es nicht mehr, die Alten hochzuheben. Auf unbestimmte Zeit krankgeschrieben. Bis zu ihrem Tod, aber das hat der Arzt weggelassen.

Sie hat ihn auf der Arbeit schon so nah gehabt, den Tod. Bei den alten Leuten ist er viel gegenwärtiger. So oft ist sie zur Arbeit gekommen und hat bei jemandem das Fenster aufmachen müssen, damit seine Seele hinausfliegen konnte. Jemand, von dem die Nachtschwester geglaubt hatte, dass er nur schlief. Agneta würde so gerne im Schlaf sterben, an Herzversagen. Aber sie weiß schon, dass es nicht so friedlich werden wird. Sie hat auch einer ordentlichen Menge Krebspatienten das Fenster aufgemacht. Das sind die Ausgemergelten, die vor Schmerzen stöhnen.

«Oh, super», sagt Tilda an ihrem Ohr, und sie zieht sich zurück ins Schlafzimmer. Hier drinnen ist die Luft kühl, damit es unter der Decke einladender ist.

«Aber du hast sicher jede Menge andere Pläne», sagt Agneta und zieht sich Jörgens zu großes T-Shirt weiter runter, bis es ihre knochigen Knie bedeckt.

«Ich hab eine Prüfung am Donnerstag, sonst nichts.»

Bei Tilda hört man den Fernseher im Hintergrund. Plötzlich wird ihr bewusst, dass sie abgesehen von ein paar Fotos gar nicht weiß, wie Tildas jetziges Zuhause aussieht.

«Nichts ist entschieden, es kann ja auch noch was dazwischenkommen oder so …» Agneta trommelt mit den Fingern auf die Rückseite ihres Handys, auf die Bankkarte, die dort in der Hülle steckt. Ihr fällt nichts mehr ein, was sie sagen könnte. «Ich höre, dass ich dich gerade beim Fernsehen gestört hab. Ich wollte mich jetzt sowieso hinlegen.»

Tilda sagt «okay» und «schlaf gut» mit einem hörbaren Fragezeichen dahinter, und Agneta sagt «Küsschen», obwohl sie sich am Telefon eigentlich nie mit Küsschen verabschieden. Ihr Herz schlägt heftig, und ihr ist schlecht, als sie das Telefon neben sich aufs Bett legt. Ihr Kopf versinkt tief im Daunenkissen. Wie zum Teufel hat sie sich das eigentlich vorgestellt? Wie soll sie es schaffen, wenn Tilda vor ihr sitzt, wenn sie nicht mal einen klaren Gedanken in ihrem eigenen Kopf fassen kann? Aber gut. So haben sie ein paar Tage, um ihr Verhältnis wieder zu kitten. Sie wird Tilda zeigen, dass sie ihr wichtig ist, und Tildas Augen werden sie wieder mit derselben Wärme ansehen. Wie damals, als Tilda fünf war. Danach wird sie reden – erst, wenn sie es wieder schön miteinander haben. Sie will, dass sie schon davor wieder gut auskommen, nicht erst deswegen. Agneta startet das neueste Hörbuch mit der Kommissarin Maria Wern und schaltet die Lampe aus, und irgendwann kommt Jörgen auch und legt sich schlafen, das Gesicht ganz nah an ihrem. Sie liegt immer noch wach, als drüben im Bergwerk gesprengt wird. Ihre ganze Welt bebt.

Mittwoch

MARIE WIRD IHR Blut abnehmen. Heute und morgen, dann am Dienstag, Mittwoch, Donnerstag, und danach wieder eine Pause. In dieser Zeit werden ihre Haare anfangen, in größeren Mengen auszufallen. Vorher hatten sie etwas anderes ausprobiert, bei dem die Haare nicht draufgegangen sind. Sodass man es ihr nicht ansah. Sodass sie es nicht zu erzählen brauchte. Agneta mag Marie, weil sie immer warme Hände hat. Und gerade heute auch noch ein Tuch im Haar. Es bewegt sich, als sie sich herabbeugt und mit den Plastiksachen auf ihrem metallenen Wagen herumwerkelt. Agneta knöpft selbst den obersten Knopf von Jörgens gestreiftem weitem Hemd auf. Sie trägt es gern, wenn sie hier ist, es ist, als wäre jemand bei ihr, den sie auf der Haut spüren kann. Es geht ziemlich schnell, seitdem sie ihr den Venenport implantiert haben, sie spürt es kaum, als Marie mit der Nadel hineinsticht und das Probenröhrchen dranhält.

«Wir sollen heute auch das Morphinpflaster wechseln, oder?», fragt Marie schnell.

«Ja», antwortet Agneta nur und krempelt das Hemd hoch bis über die Achsel. «Kannst du es dieses Mal ein bisschen weiter oben aufkleben, sodass es unter einem T-Shirt nicht zu sehen ist?»

AGNETA IST WIEDER zurück aus dem Krankenhaus. Ihr Kreuzworträtselmagazin ist ganz zerknittert. Sie nimmt es überallhin mit, vor allem nach den Morgenstunden im Krankenhaus, wenn alles schwankt, obwohl sie ganz ruhig dasitzt. Es liegt aber nicht am Sauerstoffmangel, dass sie sich an den Küchentisch setzt. Und sie pflanzt ihren Hintern auch nicht auf den Küchenstuhl, weil ihre Beine inzwischen nicht mehr so viel auf einmal schaffen. Nein, jetzt ist es Zeit für ihren Zehn-Uhr-Kaffee. Sie hat zwar immer noch den Geschmack von Erbrochenem im Mund, aber sie ist überhaupt nicht mehr so müde wie gestern. Die abgestoßene weiße Tasse wärmt ihr die steifen Finger. Wenn jetzt März wäre, würde die Sonne durch die mit Grubenstaub bedeckten Fenster scheinen. Doch gerade fällt nur bloßes Tageslicht herein, und der Schmutz ist kaum zu sehen. Sie fängt schon an, in kleinen Schlucken von ihrem pechschwarzen Kaffee zu schlürfen, bevor er auf Trinktemperatur abgekühlt ist. Obwohl sie weiß, dass ihr Magen protestieren wird. Ihr Körper entspannt sich nie so sehr wie jetzt gerade. Im Hintergrund läuft das Radio. Auf P4 wird irgendeine Turnerin interviewt, die auf einem Auge blind ist. Als der Kaffee ekelhaft lauwarm wird, schenkt Agneta sich brühheißen nach. Damit es so richtig schön auf den Geschmacksknospen brennt. Das ist so was, das man bewusst genießen sollte. Den Zehn-Uhr-Kaffee.

AGNETA GRÄBT, TROTZ ihrer zittrigen Arme, im Kleiderschrank im ersten Stock. Sie muss so vieles noch durchgehen, es hilft nichts, auch wenn ihr Körper es eigentlich nicht mehr leisten kann. In einer dunkelgrünen Gratismappe liegen alle Zeichnungen von Tilda, und Agneta nimmt die oberste heraus. *Meine Familie* steht da mit kindlich krummen Buchstaben auf hellblauem Papier. Agneta holt tief Luft und dreht das Blatt um, in der Erwartung, ein gähnend leeres Bild zu sehen, auf dem in der Mitte nur zwei Figuren sind, vielleicht noch ein Baum als Beiwerk. Sie schnappt vor Überraschung nach Luft. Da stehen ja alle möglichen Personen. *Hedda*, schon damals Tildas beste Freundin, und *Mama*, also Agneta, und *Anneli* und *Viktor* und *ich*, also Tilda, und dann noch *Muore*, ihre Großmutter. Agnetas Vater ist nicht auf dem Bild, aber das wundert sie nicht, der war meistens nur fürs Praktische zuständig. Es sieht nach einer richtig schönen Familie aus, und ihre Augen füllen sich mit Tränen. Doch Agneta ist niemand, der über so was weint, das kommt bloß vom Staub.

Anneli als zusätzliche Erwachsene und Viktor als Bruder. Anneli und Agneta haben sich schon auf dem Gymnasium angefreundet. Sie sahen sich am ersten Tag in der Fünften, und dann, tja, dann waren sie eben Freundinnen. Ähnlich albern-altmodische Vornamen mit A, allein so was schon. Und Anneli bekam kurz nach Agneta auch ein Kind – nur zwei Jahre nach Tilda kam Viktor zur Welt. So oft hatten sie zusammen zu Abend gegessen, waren eine Familie gewesen. Und anscheinend hatte Tilda das auch so verstanden, dass sie die einzige Familie waren, die sie jemals haben würde. Trotzdem. Die Figuren, über denen *Mama* und *ich* steht, sind größer, also sieht man gleich, dass sie die wichtigsten sind.

Agneta klappt die Mappe wieder zu und muss sie auf den Boden fallen lassen, als ihre Finger sie nicht mehr halten können. Sie lässt sie liegen. Der Bogen weigert sich, still zu stehen, und vor ihren Augen tanzen schwarze Punkte. Die Treppe knarzt, als sie hinuntergeht. Alle Stufen bis auf zwei knarren schon, solange sich Agneta zurückerinnern kann – sie machten es ihr unmöglich, sich unbemerkt hinauszuschleichen, als sie noch jünger war, und damals hatte sie es gehasst. Aber so war es später auch für Tilda unmöglich gewesen, sich unbemerkt rauszuschleichen, das reinste Glück für ein Mutterherz. Aber sie ließ Tilda ja sowieso gehen. Sie merkte schließlich, wie es an ihr zerrte, wie sie ihre Heimatstadt nicht mehr ertrug. Wie Tilda immer öfter aus dem Fenster starrte, ohne etwas zu sehen. Wie sie schrie, hier ist doch eh nie was los, oder wie sie mit dem Cursor über die Weltkarte fuhr. Und dann die Tränen, die vor jeder Sozialkundeprobe oder Matheprobe oder welcher Probe auch immer kamen. Agneta dachte, wenn sie Tilda nur genug Freiheiten ließe, würde die Stadt sie weniger ersticken. Sie tätschelte Tilda nur leicht die Schulter, wenn sie anfing zu weinen, und kochte ein besonders leckeres Abendessen. Schwieg, wenn Tilda sich später rausschlich, aber behielt dabei die Uhr im Blick. Kontrolle hatte sie immer, aber nie auf eine erstickende Art.

Es riecht nach Feuchtigkeit in der Garage. Sie quetscht sich zwischen Gartenmöbeln und Kartons mit Kinderklamotten hindurch, die inzwischen wahrscheinlich schon mottenzerfressen sind. All das muss sie auch noch durchschauen. Jörgen hätte ihr sicher geholfen, wenn sie ihn darum gebeten hätte, aber sie wollte es selbst machen. Aufräumen. Ordnung schaffen. Als sie endlich bei der abgenutzten, grünen Reisetasche ist und sie hochhebt, protestieren ihre Arme, und ein stechender Schmerz fährt ihr in den Rücken.

AGNETA STECKT DAS Ladegerät in die Steckdose und klappt das Notebook auf. Staub wirbelt auf und wird sichtbar im Tageslicht. Die Tasten sind schwergängig, sie stemmen sich mit aller Kraft gegen ihre Finger. Agneta hat das Passwort vergessen und muss mehrere durchprobieren, aber jedes Mal, wenn sie danebenliegt, bekommt sie ein böses «Pling» zu hören. Bis sie endlich doch reinkommt. Ein Bild von Tilda mit einer riesigen Lücke zwischen den Schneidezähnen begrüßt sie. Damals hatten die glücklichen Augen der Sechsjährigen am Morgen danach ein oder zwei Fünf-Kronen-Münzen in einem Wasserglas gefunden. Agnetas Finger können sich nicht mehr richtig auf der Tastatur orientieren, und sie muss lange suchen, bis sie mit dem Zeigefinger auf den richtigen Buchstaben drücken kann. Sie hatte keine Zeit für den Computer gehabt, nicht so wie die anderen Frauen ihrer Generation, die sich das geduldig beigebracht haben. Sie hatte tagelang alte Hintern abgeputzt. Sie muss nur vier Buchstaben und einen Punkt schreiben, um auf die Website der schwedischen Eisenbahngesellschaft *sj.se* zu kommen, aber es dauert trotzdem lange. *Stockholm Hauptbahnhof* erscheint automatisch, als wäre es selbstverständlich, dass alle dorthin wollen. Sie muss trotzdem noch den Startpunkt von Göteborg auf Gällivare korrigieren. Ärgert sich, dass sie ihr Reiseziel nicht auf kleinere Orte wie Malå oder Bastuträsk ändern kann.

EINE TOCHTER UND ein Hund mit kurzen Beinen gehen durch den Tantolunden-Park. Ihr Handy vibriert. Sie zieht es aus der Tasche. Das Handy hat eine Schutzhülle aus Hartplastik, die aussieht wie grüner Marmor.

Zug kommt 9:45

Von der Mutter. Die Tochter googelt Luftmatratzen, aber steckt das Handy bald wieder in die Tasche. Auf dem Heimweg geht sie in ein Lebensmittelgeschäft. Es ist gerade nicht viel Kundschaft da. Nur ein Mann, der mit seinem Rollator beim Brot steht und versucht, sich zwischen einem Laib weichem Brot und Milchbrötchen zu entscheiden. Sie holt sich die Zutaten für Pizza. Teures Zeug wie Artischocken und Fetakäse, Walnüsse. Bio-Honig aus der Region. Und jede Menge frisches Obst. Honigmelone. Satsumas. Eigentlich kann sie sich das alles gar nicht leisten.

AGNETAS VATER SITZT im Speisesaal, als sie hereinkommt. Er starrt vor sich in die Luft, und rundherum sitzen Leute, die Saft trinken. Nur alte Leute und Kinder trinken Saft. Und Selbstgespräche führen sie auch. Ein Angestellter räumt gerade das Mittagessen ab, Agneta kann nicht sehen, welcher es ist. Es riecht nach wässriger brauner Soße und sehr deutlich nach trockenem Papier. Stina sitzt tagelang auf dem gleichen Stuhl und zerreißt Papierhandtücher zu Konfetti. Agneta winkt Gunilla zu, die herkommt und sie an sich drückt. Fragt, wie es ihr geht. Agneta lügt und sagt: «Alles in Ordnung, und wie ist es bei dir?», wie man es eben macht bei alten Arbeitskollegen, mit denen man unbedingt mal einen Kaffee trinken gehen müsste, obwohl beide wissen, dass nie etwas draus werden wird. Gunilla antwortet mit einer Bemerkung übers Wetter. Sie mustert Agnetas Körper von oben bis unten, als sie meint, dass Agneta es nicht sieht.

«Wie geht's meinem Vater?», fragt Agneta und geht ein paar Schritte auf ihn zu.

«Siehst du, wer hier ist, Sten?», fragt Gunilla laut und zeigt auf Agneta. «Deine Tochter Agneta besucht dich, das ist doch schön.»

Ihr Vater schaut sie kaum an, seine Augen huschen schnell über Gunilla und dann Agneta. Als wollte er erst schauen, wer da so laut herumgeschrien hat, und dann, was der Anlass dafür ist. Agneta legt ihm die Hand auf die Schulter. Sein kariertes Hemd fühlt sich weich an unter ihren Fingern. Die

Stofffasern sind nach Hunderten von Stunden in der Waschmaschine abgerieben. Als sie sich zu ihm vorbeugt, riecht sie Urin. Sie fragt ihn, ob er eine Zigarette möchte, und obwohl er nicht antwortet, geht sie seinen Rollator holen. Sie greift ihm unter die Arme, um ihm hochzuhelfen, ignoriert den Protest ihres Körpers gegen ein solches Gewicht. Seine Hände umklammern krampfhaft die kalten Griffe des Rollators. Er schlurft in seinen Pantoffeln über den gelben Linoleumboden, als Agneta ihn nach draußen führt. Sie nimmt zwei Decken mit. Es schneit nicht mehr.

«Es schneit nicht mehr», sagt sie und hilft ihm, sich auf dem Sitzkissen des Rollators niederzulassen. Er antwortet in einer Sprache, die man nicht verstehen kann. Nicht Samisch, das kann Agneta nämlich, obwohl sie es schon ein Leben lang nicht mehr benutzt hat, sondern eine Sprache, die er selbst erfunden hat. Agneta kratzt Schnee von der Bank, damit sie sich auch hinsetzen kann. Sie steckt die Zigarette an und hält sie ihm hin, denn wie man raucht, das weiß er noch. Das ist so was das wird nie verschwinden, so sehr das Hirn auch zusammenschrumpft. Er hält die Zigarette ruhig zwischen Zeige- und Mittelfinger, den Handrücken nach oben zum Gesicht. Er machte die meisten Dinge schon immer anders als andere Leute. Sie streicht ihm über den Rücken, und seine Hand mit der Zigarette geht zwischen Bein und Mund hin und her, ohne dass Agneta ihn daran erinnern oder ihm helfen muss.

Als sie fertig geraucht haben, gehen sie in sein Zimmer. Er sitzt auf dem Sofa, während Agneta redet, Akkordeonmusik tönt aus dem CD-Player auf dem Schreibtisch. Manchmal kommt es vor, dass er mit dem Fuß mitwippt. Vielleicht ist es nur eine Muskelzuckung, oder aber die Musik dringt doch zu ihm durch. Auf einem Schemel in der Ecke steht ein

Akkordeon, aber es ist schon Jahre her, dass er es angefasst hat. Eine Weile konnte man es ihm einfach auf den Schoß stellen, und dann spielte er automatisch drauflos. Jetzt bleibt das Instrument einfach auf seinem Knie liegen, wenn man es draufsetzt. Sie weiß noch, wie sie immer neben ihm saß, während er spielte, und im Takt der Musik mitschaukelte. Sie mochte auch seine Singstimme, die schon immer rau vom Rauch war.

«Wie du damals spielen konntest, Papa. Richtig gut bist du gewesen auf dem Akkordeon.»

Er gibt keine Antwort.

«Oh, was für eine schwungvolle Melodie», fährt sie fort, tritt an den Schreibtisch und wischt die Staubschicht ab. «Ich hab gehört, dass hier im Bergwerk demnächst ein großes Fest stattfinden soll. Da wird man viele gut gekleidete Leute in der Stadt sehen.» Sie streift sich die Handfläche an der Hose ab. Der Stoff ist weich und schlabbrig, damit er nicht über dem geschwollenen Bauch spannt, wenn der wieder rebelliert. «Und Tilda hat morgen eine Prüfung. Anwältin wird sie, kannst du dir das vorstellen?»

Agneta nimmt das Foto von Tilda vom Fensterbrett. Auf dem Bild trägt sie ein dunkelgrünes, schimmerndes Kleid und üppige blonde Locken. Neben ihr gähnende Leere. Hedda hätte dort mit ihr stehen sollen, Arm in Arm, auf ihrem Abschlussball. Aber die war damals ganz mit ihrem Milchstau beschäftigt. Zum wiederholten Mal erzählt Agneta, dass auf dem Bild seine Enkelin zu sehen ist und dass sie zu ihr fahren und sie besuchen wird und er sich in den Tagen ihrer Abwesenheit gut benehmen muss.

«Ich werde ihr erzählen, dass ich sterbe», rutscht es ihr heraus, bevor sie sich zurückhalten kann. Sie schielt aus den Augenwinkeln zu ihrem Vater. Seine Augen sehen nicht. Sie sind offen. Sie schauen. Aber wie so oft denkt sich Agneta, dass sie etwas anderes sehen. Vielleicht den Himmel und ihre Mutter, die dort wohnt. Er zuckt nicht einmal zusammen, als sie von ihrem Tod spricht, denn Worte sind inzwischen nur noch Geräusche für ihn.

Donnerstag

IHR BAUCH IST straff gespannt von dem ganzen Wasser, das Agneta gerade in sich hineingeschüttet hat, denn Wasser lässt sich leicht erbrechen. Sie lehnt den Kopf an die Nackenstütze und versucht, ganz ruhig zu atmen. Außer ihr sind noch zwei andere im Zimmer, die graue Haare gehabt hätten, wenn sie noch Haare gehabt hätten. Sie kennt sie nur von hier, das macht die Sache leichter. Das Licht aus der Neonröhre blendet sie so, dass sie die Augen zumachen muss. Sie versucht, einfach an … tja, an nichts zu denken. Will sich nicht hinlegen wie die alten Damen, sondern sitzt entschlossen auf ihrem Stuhl. Das Personal hat aufgehört, ihr deswegen in den Ohren zu liegen.

Marie arbeitet heute wieder und kommt mit einer Tasse zu ihr. Rasch schüttet Agneta das Antibrechmedikament in sich hinein, das aber bis jetzt noch nie gewirkt hat. Ihr Körper weiß, dass er sich bald über eine Toilettenschüssel oder ein Waschbecken oder einen Abfalleimer oder was auch immer beugen wird, das einigermaßen dicht ist. Eine andere Schwester bringt ihr einen Plastikeimer, der normalerweise als Papierkorb dient. Sie kennen ihren Körper mittlerweile. Agneta kann sich einfach nicht an den Geruch hier drinnen gewöhnen. Den nach neuem Plastik und Körper in einer ungastlichen Kombination. Um neun Uhr wird sie an die Maschine angeschlossen, und fünf Minuten später wird sie sich übergeben.

Sie übergibt sich, bis ihr Gehirn nur noch Galle registriert, und danach noch ein bisschen was. Sie sitzt auf ihrem Stuhl mit dem stinkenden Eimer auf dem Schoß. In ihrem Kopf sagt ihr Psychologe, dass sie im Quadrat atmen soll. Sie wird hinterher ein kalorienreiches Getränk trinken müssen. Die ekelhafteste Sorte mit Erdbeergeschmack, denn ein anderes hat sie nicht zu Hause. Sie spürt einen derart starken Druck hinter den Augen, dass sie sie fest zukneifen muss. Die Stimme des Psychologen in ihr redet immer weiter. Immer im Quadrat atmen. Ein auf der einen Seite, Pause, und aus auf der anderen Seite. Und dann gibst du dir einen Ruck und erzählst es Tilda. Du musst es Tilda erzählen.

EINE TOCHTER BETRITT einen Saal, der so kalt ist, wie es öffentliche Säle oft sind. Es riecht nach frisch gespitzten Stiften. Sie sucht sich links einen Tisch am Fenster und setzt sich hin. Draußen grauer Himmel. Es steht eine Prüfung in Zivilrecht an, und das Gesetzbuch liegt schwer neben ihren Händen. Eine Kommilitonin kommt zu ihr und umarmt sie von hinten, verschränkt die Arme über ihrem Brustkorb. Die Kommilitonin trägt eine sauber gebügelte, figurbetonende Bluse. Die Tochter holt einen veganen Joghurt heraus, während die Kommilitonin neben ihr steht und ihre Eselsbrücken herunterrasselt. Im Blick der Tochter flackert kurz Panik auf, aber sie beruhigt sich gleich wieder. Sie wünschen sich gegenseitig viel Glück, bis sich eine ältere Dame mit roter Brille ganz vorne im Saal demonstrativ räuspert.

AGNETA ZIEHT IHRE Bluse aus der hintersten Ecke des Kleiderschrankes hervor. Sie hat sie zuletzt auf Viktors Abschlussball angehabt, deswegen riecht sie ein bisschen muffig. Sie schüttelt sie energisch ein paarmal aus. Dass sie aber auch nur eine feine Bluse hat, na, wird schon okay sein. Hier zu Hause ist es ihr egal, aber wenn sie in die Großstadt fährt, ist das was anderes. Ihre Jeans bauschen sich unvorteilhaft, ihr dünner Pullover ist völlig ausgewaschen, und der Gummizug an ihrem Rock ist auf einer Seite ziemlich ausgeleiert. Alles sieht auf einmal hässlich aus, wenn sie es anzieht, sie fährt jedes Mal erschrocken zusammen, wenn sie sich im Spiegel sieht. Ihr Selbstbild deckt sich nicht mehr mit ihrem Spiegelbild. Sie wühlt in ihren Sachen und wirft sie auf den Boden. Wenn sie doch nur was Schickes zum Anziehen hätte! Damit Tilda sieht, dass sie sich angestrengt hat. Vielleicht sollte sie doch noch mal bei Lindex vorbeischauen. Sich eine neue, ordentliche schwarze Hose kaufen. Nicht, dass es auf der Welt angemessene Kleidung gäbe für das, was sie ihrer Tochter sagen will.

Der Bezug des Bügelbretts hat Löcher, aus denen das gelbe Unterfütterungsmaterial herausschaut. Das Bügeleisen sieht aus, als wäre es aus den Achtzigern, und das ist es auch. Man muss vorsichtig sein, damit der Rost nicht auf die Sachen abfärbt, aber ohne Bügeln geht es nun mal nicht. Immer ordentlich gebügelt und mit sauberer Unterwäsche, denn man weiß ja nie, ob man plötzlich in der Notaufnahme sitzt, hat ihre Mutter immer gesagt. Wie würde das denn aussehen, wenn das Krankenhauspersonal die Hose aufschneiden muss, und dann stinkt es, pfui Teufel. Und dann schauderte ihre Mutter immer und schüttelte den Kopf, um dieses grässliche Bild wieder loszuwerden. Nicht das Bild eines ihrer Kinder in der Notaufnahme, sondern das des Krankenhauspersonals mit seinen missbilligenden Blicken. Als ihre Mutter älter wurde, wechselte sie manchmal mehrmals am Tag die Unterwäsche, denn man weiß ja nie, wann man ins Gras beißt. Agneta holt ein altes Laken hervor, das derart fadenscheinig ist, dass man mehr oder weniger hindurchschauen kann. Sie legt es zwischen das rostige Metall und den feinen weißen Stoff. Sie muss eben einen Pullover darunter anziehen, damit man ihren implantierten Venenport nicht sieht.

Agneta packt ihre Medikamente in eine Plastiktüte vom Spirituosengeschäft. Die Tüte wird prallvoll. Sie verknotet die Griffe. Wiegt die Tüte in der Hand. Wie soll sie die alle auspacken, ohne dass Tilda es mitbekommt? Die Medikamente, die sie zum Frühstück nehmen muss, kann sie ja beim Fertigmachen im Badezimmer nehmen. Aber die Pillen für mittags? Bei denen muss sie sich eine Erinnerung auf dem Handy einstellen. Soll sie einfach lügen und behaupten, dass es Antibiotika sind? Etwas von einer Harnwegsinfektion oder so erzählen? Sie bleibt mit der Medikamententüte auf dem Arm stehen und überlegt. Sie wird ein ganzes Wochenende mit Tilda zusammen sein, und sie muss ihre Medikamente nehmen, und Tilda wird es ihrem Körper ansehen, das weiß sie, es lässt sich einfach nicht mehr länger vermeiden. Wie soll sie es formulieren, was sind die richtigen Worte? Sie lehnt sich an die Wand. Die Tapete ist an dieser Stelle heller, als hätte alle immer genau hier der Mut verlassen, sodass sie sich hier anlehnen mussten. Im Untergeschoss hört sie Jörgen mit dem Abwasch klappern. Er singt mit dem Radio mit, irgend so ein neues Lied von Takida oder wie die heißen. Agneta lässt sich an der Wand heruntergleiten, versucht, sich hinzusetzen, ohne blaue Flecken am Hintern zu kriegen. Sie kriegt neuerdings so leicht blaue Flecken. Ihr Brustkorb schmerzt von allem, aus dem nichts geworden ist, und allem, was stattdessen passiert ist. Diese Art Musik erinnert sie an Anders. Manchmal sieht sie ihn im Coop. Der Anblick seines Rückens weckt Erinnerungen, die Angst steckt ihr immer noch in den Knochen nach so langer Zeit. Tilda weiß, dass er ihr Vater ist, aber sie hat schon immer über so weltlichen Fragen gestanden. Wenn Agneta ihn im Supermarkt sieht mit seiner Mütze, die er immer zu hoch auf dem Kopf trägt, fällt ihr die Ähnlichkeit zwischen den beiden auf. Sie gehen gleich. Sie kann den Gedanken keinen Millimeter weiter zulassen, als dass sie denselben Gang haben. Davon abgesehen ist Tilda nicht so wie er.

Agneta versucht, tief durchzuatmen, ganz im Hier und Jetzt zu bleiben. Sie darf nicht in der Vergangenheit stecken bleiben. Die Muskeln zwischen ihren Lungen verkrampfen sich, und sie massiert sie leicht, aber es lässt nicht nach.

AGNETA VERGRÄBT IHRE kalte Nasenspitze an Jörgens Hals. Ihre Hände stecken in seinen Taschen, weil sie ihre Handschuhe vergessen hat und das Blut es nicht mehr bis in ihre Extremitäten schafft. Sie stehen auf dem Bahnsteig. Agnetas schwarze Lederschuhe mit dem kleinen Absatz sind die feinsten, die sie besitzt. Sie hat jetzt schon Kreuzschmerzen davon, aber wer schön sein will, muss eben leiden. Die Stiefel sind hier zu kalt, und sie stampft mit den Füßen, um die Durchblutung ihrer Zehen aufrechtzuerhalten.

«Hier, nimm die», sagt Jörgen und fängt an, sich seine schmutzig weißen Handschuhe auszuziehen, die er immer auf dem Schneemobil trägt. Sie schüttelt schnell den Kopf. Der Zug, der erst in zehn Minuten abfahren soll, fährt jetzt schon ein. Die Stimme aus dem Lautsprecher verkündet, dass der Zug auf Gleis 1a steht, auf 1a, obwohl das doch schon alle gesehen haben.

Ein älterer Herr hilft ihr, ihre Tasche die kleine Treppe hochzubugsieren. Es ist ihr peinlich, so gebrechlich auszusehen, dass ein Rentner sich verpflichtet fühlt, ihr unter die Arme zu greifen. Jörgen steigt nicht mit in den Zug, um ihr zu helfen, er hat Angst, dass der Zug losfährt, bevor er wieder draußen ist. Die kindische Angst eines kleinen Jungen, sie liebt und sie hasst ihn dafür. Jörgen winkt ihr zu, aber macht ansonsten kein großes Ding aus dem Abschied.

Im Liegewagen mit Agnetas Reservierungsnummer sitzen bereits Fahrgäste, und obwohl sie eigentlich nicht in Plauderstimmung ist, fragt sie, wo sie hinfahren und andere Dinge, die keinen Menschen interessieren. Sie hört auch nur halb hin, als man ihr antwortet. Ihr Reisekoffer nimmt fast den ganzen Platz am Boden ein und lässt sich nicht unter den Sitzen verstauen wie die Koffer der anderen, aber sie schafft es jetzt nicht, sich darum zu kümmern. Einer der Männer auf den Fensterplätzen bietet ihr an, den Koffer für sie zum Gepäckraum zu bringen. Sie hat keine Energie, um zu protestieren, nickt nur kurz, weil der Sauerstoff nicht für Worte reicht. In dem Moment, in dem sie nickt, fährt der Zug los. Die Liegen sind noch nicht runtergeklappt, die bleiben jetzt noch ein paar Stunden ganz normale Sitzplätze. Jemand fragt sie etwas, aber sie gibt keine Antwort, weil sie keine Kraft zum Sprechen hat. Sie schließt die Augen in der Hoffnung, dass es dann aufhört, vor ihren Augen zu blitzen, aber es wird nur noch schlimmer. Sie atmet ruhig und tief durch, wie sie es gelernt hat. Wenn man akzeptiert, dass das Atmen schwer ist, fällt es einem leichter, oder irgend so ein Mist. Sie schaut gerade noch rechtzeitig aus dem Fenster, um Dundret hinter einer Kurve verschwinden zu sehen.

Die Tür zu Agnetas Abteil geht quietschend auf, als sie in Boden angekommen sind. Sie haben sich gegenseitig geholfen, die Kojen herunterzuklappen, und Agneta hat sich gerade hingelegt. Eine Erwachsene und ein Junge von vielleicht zehn Jahren kommen herein. Agneta sieht seinen Schlafanzug unter der Jacke. Einen blau-weiß gestreiften. Er hat sich bestimmt auch schon die Zähne geputzt.

Seine Mutter macht ihre Betten zurecht, wie Mütter das eben tun, während der Junge auf dem Flur stehen bleibt. Er hat dünne Arme, sollte mal ein bisschen mehr Milch trinken. Sie denkt an Tilda, als sie so alt war wie er. Sie war größer als alle anderen in ihrer Klasse, schon damals auf dem Weg fort von ihr. Sie wuchs schneller als alle anderen, wuchst erst aus Agnetas Armen heraus und dann aus ihrer Stadt. Als seine Mutter die Kojen zurechtgemacht hat, legen sie sich nebeneinander, und die Mutter liest ihm flüsternd ein Märchen vor. Das Kind muss alles so haben wie immer, obwohl das Bett hart ist und sich im Takt mit dem Zug auf den Gleisen bewegt. Tilda las nur allein, nicht einmal dafür brauchte sie Agneta. Manchmal schlug Agneta vor, ihr etwas vorzulesen, aber Tilda seufzte nur: «Kann ich allein.»

EINE TOCHTER IST im Klub. Die Körper auf der Tanzfläche geben keinen Halt, und sie muss sich unter Einsatz ihrer Ellenbogen aus der Menge herausdrängen. Dampf quillt aus den Nebelmaschinen. Vielleicht versucht sie, ihre Unruhe vor dem bevorstehenden Wochenende mit ihrer Mutter wegzutrinken.

Wenn die Tochter in Gällivare ausgegangen war, kam ihre beste Freundin immer mit. Sie waren sich so nah, wie man nur sein kann, wenn man dauernd zusammen gewesen ist. Die Tochter und die Freundin mit dem vollen, dunklen Haar. Locken, die überall hängen blieben, wenn sie vom Tanzen schweißnass waren. Sie waren immer viel zu früh da. Tanzten, bis die Wimperntusche verlief. Dann eines Tages verliebte sich die Freundin mit dem vollen Haar. Tauchte ab in ein Haus voller Grubengeld, in andere Arme als die der Tochter. Dann wuchs ihr Bauch, obwohl sie nach dem Abschlussball zusammen verreisen wollten. Die Freundin verliebt. Die Tochter einsam.

Sie schaut sich rasch um. Bestellt noch einen Shot. Trinkt ihn, ohne das Gesicht zu verziehen. Schüttelt ganz leicht den Kopf, als müsste sie den Nebel vertreiben. Geht wieder zurück in die schwitzende Menge.

AGNETA HATTE GEDACHT, dass sie schnell einschlafen würde, sie schläft in letzter Zeit immer so viel. Aber der Husten. Und das Schwanken des Zuges. Und die Jugendlichen im Nebenabteil, die Rabatz machen, obwohl es schon nach zehn ist. Sie leben. Als würden sie ewig leben. Hatte sie ja auch gedacht, als sie in dem Alter war. Sie dreht sich um, um eine Stellung zu finden, in der ihr nichts wehtut. Sie ist auf dem Weg zu Tilda, mit dem Kopf voller Worte und dem Koffer voller Geschenke, die sie besänftigen sollen. Der Mann, der vorher ihren Koffer weggebracht hat, schnarcht laut. Sie setzt ihre Kopfhörer auf und macht wieder das Maria-Wern-Hörbuch an. Ihr Hals kratzt, er wird langsam wund von dem ganzen Gehuste. Sie schließt die Augen, denn wenn man lange genug die Augen zumacht, schläft man auch ein.

EINE TOCHTER BETRITT die Wohnung eines Jungen, der gerne als Mann betrachtet werden will. Schließt die Tür ab. Er hat nur eine Unterhose an. In Kreideweiß. Sein Körper ist so wohlgeformt, dass er stundenlang im Fitnessstudio gewesen sein muss. Die Tochter strampelt sich aus Jeans und Strümpfen und zieht ihren hellblauen Pulli aus. Sie sprechen nicht. Sind nur Körper. Sie zieht ihm die Unterhose aus. Setzt sich auf ihn. Bewegt vorsichtig ihre Hüften gegen die seinen. Sie blickt hinunter auf ihren Körper, der von der Straßenlaterne vor dem Fenster schwach beleuchtet wird. Sie sieht gut aus, und man merkt ihr an, dass ihr das bewusst ist. Ihr langes Haar schlägt rhythmisch gegen ihren geraden Rücken.

Freitag

ZU HAUSE IN ihrer Wohnung schaut sich die Tochter gestresst um. Sie fängt an, sich die Haare zu bürsten und die Zähne zu putzen. Wäscht sich das Gesicht mit eiskaltem Wasser. Macht neues Make-up drauf. Dann laufen schnelle Füße durch die Wohnung. Sie tauscht Teelichter aus. Legt ihre Wolldecke zusammen. Hängt saubere Handtücher an die Haken auf der Toilette. Sie wischt ein weiteres Mal mit dem Mikrofasertuch über den Spiegel, um die Schlieren vom Putzen zu beseitigen.

AGNETA SETZT SICH auf. In ihrem Körper hämmert es. Sie wendet sachte den Kopf, langsam kann sie ihn immer besser bewegen. Nimmt ein Wasser im grünen Tetrapak vom Fensterbrett, bevor sie in der Tasche herumtastet und es ihr gelingt, sich eine Tablette in die Hand zu drücken. Sie schluckt und spült nach. Sieben Uhr acht. Eigentlich zu früh, aber immer noch besser, als es nachher bei Tilda heimlich machen zu müssen. Sie bleibt sitzen und wartet, bis die Wirkung des Schmerzmittels einsetzt, bevor sie ihren Koffer ganz aufmacht und ihre Frühstücksoptionen beäugt. Ein Apfel, ein fertig geschmiertes Wurstbrot oder die rosa Flasche mit der hochkalorischen Flüssignahrung. Sie wirft die Flasche ungeöffnet in den Abfalleimer unterm Tisch, bevor sie das restliche Wasser aus dem Tetrapak trinkt. Sie hat keinen Hunger. Fährt sich mit den Fingern durchs Haar, als wären sie ein Kamm. Es bleiben Haarsträhnen daran hängen, die sie zu einer kleinen Kugel zusammenrollt und auf den Abteilboden wirft. Sie hat ein komisches Gefühl im Bauch, jetzt vielleicht eher vor Nervosität als vor Übelkeit. Bald wird Tilda sie sehen. Aber wird sie wirklich *sehen*?

EINE TOCHTER SIEHT ihre Mutter. Runzelt die Stirn über die dünne Gestalt, bevor sie anfängt zu lächeln.

DA STEHT TILDA mit ihrem Hund an einer blau-weiß karierten Leine. Im ersten Moment hat Agneta ihr Kind gar nicht wiedererkannt, vor lauter blonden Haaren und dem schwarzen Schal, der das halbe Gesicht verdeckt. Doch der Hund ist derselbe, und als sie näher herankommt, ist es völlig klar, natürlich ist es ihre Tochter. Über die kurzen Beine des Hundes könnte sie immer wieder lachen. Als Tilda ihn holte, kam sie ständig damit, dass es ein Hütehund sei. Er sei so klein, damit er die Tiere in die Fesseln zwicken, aber sich auch vor Tritten ducken könne. Verrückt aussehen tut er jedenfalls. Agneta geht auf die beiden zu und versucht, dabei nicht zu hinken. Streckt Tilda die Arme entgegen und drückt sie an sich. Es knistert zwischen ihnen. Die Leute gehen mit schnellen Schritten an ihnen vorbei, als hätten sie es eilig, dabei bedeutet dieser Moment hier alles. Dass sie ihr Kind in den Armen hat, lindert den Druck in ihrer Brust ein wenig. Tilda löst ihre Arme als Erste. Agneta lässt widerstrebend auch los und bückt sich dann zu Knut hinunter, um ihre Finger in seinem Nackenfell zu vergraben.

«Hattest du eine gute Reise?», fragt Tilda, und Agneta richtet sich auf und zieht die Schultern hoch, bis ihr Rucksack wieder richtig sitzt.

«Ja, ging schon.»

AGNETA WILL DIE Fahrkarten an der Kasse im Bahnhofsbuchladen lösen.

«Aber du hast doch schon deine Bahnkarte, die brauchst du dahinten nur aufzuladen», protestiert Tilda und verdreht die Augen. Sie zeigt auf die Automaten, die an den Wänden stehen.

«Welche?»

«Die blaue.»

«Ach, auf die ist doch kein Verlass.»

Agneta geht entschlossen durch die offenen Türen. Der Geruch nach Grillwurst macht ihr einerseits Appetit, andererseits wird ihr schlecht davon. Tilda bleibt mit dem Koffer draußen stehen. Wie ein Baum steht sie da, während die Menschen um sie herumwuseln.

«Und, wie lief deine Prüfung?», fragt Agneta, als sie durch die Schwingtüren gehen und mit der Rolltreppe hinunterfahren. Tilda schiebt Agneta sachte zurück, als die versucht, sich neben sie zu stellen. Im ersten Moment ist sie verblüfft, aber dann fällt es ihr wieder ein, dass die Leute vom Land auf der Rolltreppe immer auf der falschen Seite stehen. Sie schämt sich nicht, merkt sich aber, dass sie beide auf der rechten Seite stehen. Dann kann sie es das nächste Mal richtig machen.

«Wir werden sehen», antwortet Tilda und zuckt mit den Schultern.

Agneta wartet ab, ob sie noch mehr sagt, aber ihre Tochter bleibt stumm.

Knuts Pfoten hallen geräuschvoll auf dem Steinboden in der U-Bahn-Haltestelle wider. Agneta ist immer noch ein bisschen schwindlig von der Zugfahrt, und sie kämpft gegen die Übelkeit an, die in ihr aufsteigt bei dem Gedanken, sich gleich wieder in eine Bahn zu setzen.

«Viktor hatte in einer Prüfung fast alles richtig, hat Anneli erzählt. Ich hab doch immer gewusst, dass er sich als Arzt gut machen würde», fährt Agneta fort, als klar ist, dass Tilda nicht mehr über ihre Prüfung sprechen will.

«Aber die haben doch immer bloß Prüfungen zu Semesterende, oder?»

«Irgendeine Prüfung war es auf jeden Fall.»

Tilda studiert Jura. Will Anwältin werden. Agneta kann nicht mal dran denken, ohne sich stolz zu strecken. Als Tilda noch zu Hause wohnte, wollte Agneta, dass sie wegging und etwas aus sich machte. Einen richtigen Beruf lernte. Sie kann sich noch richtig gut erinnern. Tildas zusammengesunkener Körper, weil sie Theaterwissenschaften studieren wollte, und wie sich Agneta dann hinstellte und ihr erklärte, dass sie etwas werden musste. Dass Tilda doch nicht wie sie werden durfte. Es kostete Überwindung, das auszusprechen, aber es stimmte schließlich. Jetzt, wo sie sieht, wer ihre Tochter geworden ist, ist sie gar nicht mehr so sicher. Agneta keucht Tilda hinterher, die entschlossen den Bahnsteig entlangmarschiert. Mit jedem Schritt fällt sie weiter hinter ihrer Tochter zurück.

AGNETA KRAMT EINE Packung Rentiergeschnetzeltes und ein Stück Trockenfleisch hervor, das nach Salz und Rauch riecht. Ein Glas Moltebeeren-Marmelade in knalligem Orange, passend zum Herbstlaub, das sich immer noch an die Ahornbäume vor dem Fenster klammert.

«Hast du die selbst gepflückt?», fragt Tilda und nimmt das Marmeladenglas entgegen.

«Blödsinn, ich geh doch nicht raus in irgendein Moor. Die hab ich einem Mädchen aus der Nachbarschaft abgekauft.»

«Julia?»

«In Ohlssons Haus ist jetzt eine neue Familie eingezogen, die Tochter dürfte so um die zwölf sein. Du bist jetzt wirklich schon lange nicht da gewesen.» Die Worte sind raus, bevor Agneta merkt, dass Tilda das eigentlich nur als spitze Bemerkung deuten konnte.

Tilda schraubt den Deckel ab, holt sich einen Löffel und versenkt ihn tief in die orangefarbene Marmelade. Agneta steht daneben und schaut ihr Kind an. Tilda schiebt sich den Löffel in den Mund, und Agneta kann das Geräusch der Kerne hören, die zwischen Tildas Zähnen zerrieben werden.

«Nicht mit demselben Löffel weiteressen, sonst gibt es Schimmel», sagt Agneta automatisch und bemerkt zu spät, dass Tilda schon auf dem Weg zur Spüle war, um den abgeleckten Löffel hineinzutun. Sie lässt ihn zwanzig Zentimeter darüber los, sodass er klirrend im Metallbecken landet.

Agneta kommt sich vor wie Lovis in *Ronja Räubertochter*.

Oder wie das genaue Gegenteil von Lovis. Sie hatten den Film ziemlich oft zusammen anschauen müssen, bis Tilda bereit war, ihn auch alleine anzusehen. Mit den Wilddruden, die so grässlich schrien, und Mattis, der die ganze Zeit rief, «ich habe kein Kind», und wie Lovis kam, ihrer Tochter Brot mitbrachte und sie bat, nach Hause zu kommen. Und hier steht Agneta nun mit Moltebeeren-Marmelade und Rentiergeschnetzeltem. Lovis hat so viele Haare und so weiche Arme. Agneta tastet mit der einen Hand nach ihrem Haar und fasst sich mit der anderen an die hervorstehenden Rippen. Sie möchte Tilda streicheln und ihr das Wolfslied vorsingen. «Du Wolf, du Wolf, komm nicht hierher», aber jetzt ist Stockholm der Wolf, der sich ihr Kind schon geholt hat.

«Ich finde, das sieht ein bisschen traurig aus», sagt Agneta und befühlt die Haarspitzen ihrer Tochter. Das eigentlich hellblond gefärbte Haar ist fast weiß, als wollte sie schneller groß werden, als hätte sie es eilig, eine alte Frau zu werden.

Tilda antwortet auch jetzt nicht.

«Fühlt sich an wie Stahlwolle. Du musst dir mal Haarmaske drauftun. Eier sollen gut sein, hab ich im Radio gehört.»

Tilda nickt und fragt, ob Agneta die Tomaten schneiden kann. Die Worte sind nicht so rübergekommen, wie sie es beabsichtigt hatte. Sie waren fürsorglich gemeint, doch Tilda hat sie als Gemecker interpretiert. Es kommt Agneta vor, als brächte sie nichts mehr so hervor, wie sie es meint. Ihr Puls geht hoch, sie muss es wiedergutmachen. Aber alles, was sie sagt, poltert um sie herum wie ungeschickt umgeworfene Kegel. Agneta legt das Schneidebrett neben den Herd, der nur zwei Kochplatten hat. Nimmt das Messer, das Tilda ihr reicht.

«Aber Tilda, mit dem kann man doch nicht schneiden»,

sagt Agneta und hält das Messer hoch. Tomatensaft ist auf die weißen Kacheln gespritzt. «Ich kauf dir morgen ein neues», verkündet sie und versucht erneut, die Tomaten in Scheiben zu schneiden.

«Ich komm damit klar», sagt Tilda und wendet sich wieder ab. Tilda war ein typisches Ich-kann-das-schon-alleine-Kind. Ist sie immer noch. Sie fährt schnell mit dem Putzlappen über die Tomatenflecken, obwohl Agneta noch nicht fertig ist und sicher noch mehr herumspritzen wird.

«Ich will dir doch nur ein Messer kaufen.»

Tilda geht zum Kühlschrank und holt den fertigen Pizzateig heraus. Eine silberne Rolle, die aussieht wie ein futuristisches Raumschiff.

Die Platte des Wohnzimmertischs muss extra mit Spray abgewischt worden sein, denn es sind noch nicht mal Schlieren zu sehen. Außer einem Sofa, dem Bett und der kleinen Kochnische gibt es sonst nicht viel. Ein Quadratmeter Boden, der so tut, als wäre er ein Korridor, und Teelichter, wohin sie nur schaut. Das muss hier ja warm werden wie in einer Sauna, wenn man die alle gleichzeitig anzündet. Neben Tildas Bett liegen keine Kleidungsstücke. Als sie noch zu Hause wohnte, musste man immer durch ein Meer von Klamotten waten. Hier reicht es, wenn Agneta sich einmal im Kreis dreht, dann hat sie alles gesehen, was man hier sehen kann.

«Wie viel bezahlst du für diese Wohnung?», fragt sie und fährt mit der Hand über die unebene Tapete zwischen Küche und Fernseher. Tilda, die auf dem Sofa sitzt und Knuts Bauch streichelt, ignoriert die Frage. Im Ofen backt die Pizza mit Artischocken und Feta und Tomaten und Walnüssen, die aussehen wie kleine Gehirne. Essensgeruch beginnt sich langsam im Zimmer auszubreiten und reizt ihre ständig lauernde Übelkeit. Sie begreift nicht ganz, wie man so etwas hier als Wohnung bezeichnen kann – fünfunddreißig Quadratmeter sind doch kein Zuhause. Natürlich hat sie gewusst, dass die Wohnung klein war, aber gleich *so* klein? Sie versucht zu zeigen, dass sie sich um Tildas Leben Gedanken macht, doch die Worte scheinen an ihrem Kind abzuperlen. Als wollte Tilda einfach nichts von ihrem Leben in Stockholm erzählen und hätte es nie gewollt. Als ob sie schon wüsste, dass Agneta es nicht gutheißen würde. Diese Wahrheit schmerzt.

«Soll ich einen Podcast anmachen?», fragt Tilda, und Agneta wird klar, dass sie nicht mehr viel dagegen sagen kann, weil Tilda bereits in ihren Podcasts herumscrollt, was auch immer das sein mag. Schließlich sucht sie eine Doku über Rinderwahnsinn aus. Wie sollen sie es jemals schaffen, ein ganzes Wochenende mit Worten zu füllen?

SIE ESSEN SCHWEIGEND. Agneta versucht, möglichst geräuschlos zu schlucken. Hat sich ein Stück genommen und es schnell klein geschnitten, damit es nach mehr aussieht. Hätte sie die Wahrheit gesagt, wenn Tilda gefragt hätte, warum sie so wenig isst? Oder nimmt sie einfach an, dass es Agneta nicht geschmeckt hat? Wie ist es möglich, dass Tilda nicht auf Agnetas dünne Haare reagiert? Oder auf ihre Gesichtshaut, die nur noch herunterhängt? Alles Fett ist verschwunden.

«Na, so ein Glück, dass wir kein Rindfleisch gegessen haben, wenn man das hier hört», bemerkt Agneta, und Tilda lacht höflich, haha, und schiebt sich ein großes Stück Pizza in den Mund. Trotz der Größe ihres Bissens gelingt es ihr, beim Kauen keine Geräusche zu machen. Sie merkt sofort, als ihr ein Käsefaden aus dem Mund rutscht, und holt ihn mit der Zunge wieder hinein. Tilda sitzt mit angezogenen Füßen auf dem Stuhl, und Agneta fragt sich, wie sie dort Platz finden und wie man so gelenkig sein kann. Die Mutter eines toten Kindes weint aus den Lautsprechern. Agneta nimmt noch einen Minibissen. Muss dreimal schlucken, bevor er endlich die Kehle hinunterrutscht. Da vibriert Agnetas Handy. Die Erinnerung an ihre Medizin. Sie fummelt ihr Telefon aus der Tasche und schaltet es aus, wobei ihr das Blut in den Ohren rauscht. Sie hatte keinen Namen für die Erinnerung eingegeben. Tilda zieht die Augenbrauen hoch.

«Ich und Technik. Muss ich wohl irgendwo draufgekommen sein.» Erst als Tilda lächelt und sich wieder ihrem Pizzastück zuwendet, entspannt sich Agneta. Sie sucht Tildas Blick. Diese Augen, die ganz zu Anfang blau waren und nur ein paar Handbreit weit sehen konnten. Die Agnetas Blick erwiderten, obwohl Tilda gerade erst auf die Welt gekommen war. Die kleine Hand, die ihren Ringfinger umklammerte. Schon damals wusste Agneta, dass kein Ehering jemals diesen Platz einnehmen könnte. Sie gehörte diesem kleinen Mädchen in alle Ewigkeit, amen.

Bis dass der Tod uns scheidet. Agneta drückt Tildas Hand, die neben ihrem Teller liegt. Die Augen, die sich am Ende für Grün entschieden haben, schauen sie an.

«Oh, du hast ja vielleicht eine weiche Haut! Was für eine Creme benutzt du?»

Agneta muss sich räuspern, um die Worte hervorzubringen, ihre Stimme verhakt sich. Ihre eigene Haut ist so trocken wie nur was. Tilda steht auf, holt ihre Tasche und hält ihr eine schwarze Dose hin. Die Creme riecht stark nach künstlicher Zitrone.

«Du bist schon immer so fleißig gewesen», sagt Agneta, während Tilda ihre Jacke anzieht. Sie muss zur Uni, obwohl es Freitagnachmittag ist. Tilda reicht Agneta einen Schlüssel.

«Hier ist der Ersatzschlüssel. Denk dran, dass du in etwa einer Stunde noch mal mit Knut rausgehen musst.» Mit einer schwarzen, viereckigen Tasche in der rechten Hand und frisch in Locken gelegten Haaren schließt Tilda die Tür. Immerhin, es ist bis jetzt besser gelaufen als grottenschlecht. Im Korridor hängt immer noch der Duft eines blumigen Parfums. Sie wusste, dass Tilda mal richtig groß rauskommen würde. Schon in der Neunten, als Hedda und sie über das Leben redeten. Sie hatten immer schon so viel größer gedacht, als Agneta überhaupt zu träumen gewagt hätte. Agneta hat Hedda seltener getroffen, seit sie erkrankt ist. Hat die Einladungen zum Nachmittagskaffee gemieden. Sie wollte nicht, dass Hedda etwas bemerkte, aus dem Gehuste ihre Schlüsse zog und alles an Tilda ausplaudern würde. Denn natürlich liegt ihre Loyalität bei ihrer Freundin. Hedda hat auch selbst genug um die Ohren gehabt, weil sie immer so viele Projekte am Laufen haben. Die Wand zwischen Küche und Wohnzimmer rausnehmen. Die Terrasse mit einem abgesenkten Hot Tub ausbauen. Bäume fällen, die die Aussicht auf Dundret verdecken, und dafür eine Genehmigung beantragen. Ein zweites Kind machen.

Als Agneta hört, wie die Wohnungstür zuschlägt, steht sie mühsam auf. Drückt drei Tabletten aus drei verschiedenen Blistern und schluckt sie. Sie schaut sich gründlich um, frei und unbeobachtet von Tildas wachsamen Augen. Knut döst auf dem Sofa. Agneta füllt das Glas erneut mit Wasser und gießt es in den Blumentopf mit den verdorrten Zweigen, in dem anscheinend Basilikum wachsen soll.

AGNETA BLEIBT VORM Spiegel stehen, er ist ganz sauber. Tilda will ihr wohl beweisen, wie ordentlich und sorgfältig sie ist und dass sie sich durchaus um einen Haushalt kümmern kann. Es gefällt ihr nicht, dass Tilda versucht, sich als möglichst gut hinzustellen. Sie will es nicht schön haben, sie will ihr Kind. Zu Hause bei Agneta sind immer Spritzer vom Zähneputzen auf dem Spiegel, denn wozu soll man einen Spiegel polieren, wenn am nächsten Morgen doch wieder neue Spritzer draufkommen? Den Sinn solcher Tätigkeiten hat sie noch nie verstanden. Sie macht die Tür des Badezimmerschranks auf, und ihr Spiegelbild verschwindet. Tilda benutzt dieselbe Zahnpasta wie zu Hause. Das freut sie, macht sie aber auch traurig. Es fühlt sich so an, wie ein schlecht gemischtes Kartoffelpüree, in dem das Pulver stellenweise noch nicht ganz untergerührt ist. Dass Tilda doch noch Sachen von damals beibehalten hat, dass es etwas in ihrem Leben vor dem Umzug gab, das Geborgenheit atmet und so war, wie es sein soll. Sie macht den Schrank wieder zu, und das Gesicht – ihr Gesicht – wird wieder sichtbar. Sie muss sich oft selbst daran erinnern, dass es wirklich sie ist, die sie da sieht, mit diesem grauen Teint. Man sieht es ihr an, das weiß sie. Oder sieht man es nur, wenn man es weiß? Agneta greift nach Tildas Wimperntusche und zieht das Bürstchen vorsichtig über die trockenen Wimpern. Ihre Schlupflider bekommen schwarze Flecken.

«Ich bin krank», sagt sie, und ihr versagt wieder die Stimme. Sie muss den Blick abwenden, obwohl sie doch nur ihrem Spiegelbild gegenübersteht. Wenn sie es noch nicht mal sich selbst laut ins Gesicht sagen kann, wie soll sie das jemals vor Tilda schaffen?

EINE TOCHTER SITZT in einer Bibliothek. Blättert in Büchern, aber so schnell, dass sie unmöglich lesen kann, was auf den Seiten steht. Es sind schwere Bücher. Mit über 700 Seiten. Rundherum knarren Stühle, Rotz wird in Schnupfennasen hochgezogen. Durch die Vorhänge scheint die Sonne herein und zeichnet Streifen auf den Boden. Eine Studienkollegin kommt an ihren Tisch. Die Tochter steht auf, und sie umarmen sich. Sie unterhalten sich über die Prüfung. Übers Wetter. Die Stimme der Tochter klingt jetzt heller.

«Was machst du am Wochenende?», fragt ihre Kommilitonin.

«Ich lass es langsam angehen, und du?», antwortet die Tochter. Ihre Studienkollegin geht auf eine Party bei Aron – «komm doch mit!» –, und die Tochter sagt: «Vielleicht, ich meld mich dann».

Die Tochter setzt sich wieder. Blättert weiter mit unbestimmtem Blick. Sitzt jetzt gerader. Schaut ihrer Studienkollegin nach. Als ihr Rücken nicht mehr zu sehen ist, holt sie ihr Handy heraus. Scrollt träge vor sich hin. Sie hat keinen Unterricht, den sie heute besuchen muss.

EIN ZIEMLICH KLEINER Junge sitzt im Café am Nebentisch. Sie war eigentlich losgegangen, um Messer zu kaufen, aber ihre Beine trugen sie nur bis hier. Rundherum sitzen Leute mit silbrigen Notebooks und sehen wichtig aus. Was sie aber wahrscheinlich gar nicht sind. Sie wendet den Blick wieder zum Kind. Es bekommt Eierkuchen, und die Eltern fangen sowohl den Trinkbecher als auch die Eierkuchenstücke blitzschnell auf, bevor sie auf den Boden fallen. Sie sagen sicher Pfannkuchen dazu. Sie muss an Tilda denken, als sie im gleichen Alter war. Wie sie stundenlang dasitzen und sich über ein Brokkoliröschen Blickduelle liefern konnten. Immer war diese Sturheit zwischen ihnen, wie eine Wand. Tilda hatte sich schon immer schwergetan damit, auf irgendjemand anderen zu hören als sich selbst. Ihr Wille war immer in Stein gemeißelt. Aber andererseits lernte sie auch schnell sprechen, sie hörte nie auf, ein Wort so lange zu wiederholen, bis sie es genauso gut aussprechen konnte wie Agneta. Sie lernte auch ziemlich früh Lesen, und schon als Achtjährige benutzte sie Wörter, die Agneta nicht kannte. Sie denkt daran, wie Tildas Stimme sich verändert hat, jedes Mal, wenn sie telefonierten, war sie noch ein bisschen heller geworden, hatte sie neue Wörter benutzt, weniger geflucht. Sie will es nicht reiner nennen, aber irgendwie war es das trotzdem, Standardschwedisch eben. Eigentlich war es im Grunde jedes Mal so gewesen, dass sie am Telefon gar nicht so viel geredet haben. Agnetas Gesicht fängt an zu glühen. Natürlich hat auch sie Schnabeltassen aufgefangen und verschüttete Milch aufgewischt. Aber danach? Sie stritten eigentlich nur. Lagen nie auf derselben Wellenlänge. Damals war sie überzeugt, dass es nur die Pubertät war. Dass alle in diesem Alter mit ihren Müttern streiten. Dass es sich verwachsen würde, wenn sie erst erwachsen war. Diese Hoffnung hat sie immer noch. So alt ist Tilda nun auch wieder nicht.

Die Zitronenmakrone ist zu süß und nicht zäh genug, aber sie schiebt sie sich trotzdem ganz in den Mund. Die Übelkeit macht sich wieder bemerkbar, aber was sie einmal bezahlt hat, will sie nun nicht verkommen lassen. Das Kind am Nebentisch brabbelt, doch offenbar ist immer wieder das ein oder andere Wort dabei, das seine Eltern verstehen. Agnetas Beine sind wie festgeschweißt an ihrem Stuhl, und obwohl sie ihnen befiehlt aufzustehen, damit sie rauchen gehen und sich noch ein Wasser holen kann, bleiben sie unnachgiebig ans Holz gedrückt. Ihre Wadenmuskeln zucken, obwohl sie ganz still sitzt, und ihr ganzer Körper pulsiert vor Schmerz. Sie muss ein Messerset kaufen. Ihre Beine bleiben hartnäckig regungslos.

Wo bist du? Wie lange hast du Knut allein gelassen?

Agneta tun die Beine weh auf dem Holzstuhl, und die SMS schmerzt in ihren Augen, als sie ihr Handy hervorkramt. Sie muss eingeschlafen sein. Weder das Kleinkind noch seine Eltern sind mehr da, ihr Nacken schmerzt. Sie reibt sich den Schlaf aus den Augen und merkt zu spät, dass sie sich ja vorher geschminkt hat. Das Telefon vibriert erneut.

Kauf noch Schweinefleisch für Fleischknödel

ALS AGNETA NACH Hause kommt, steht Tilda in Schlafanzughose und einem weiten, durchscheinenden weißen T-Shirt am Herd. Darunter hat sie einen schwarzen BH an. Sie sieht gleichzeitig so groß und so unglaublich klein aus, dass Agneta ihr am liebsten die Haare flechten würde. Mit den Fingern hindurchfahren, sich um sie kümmern. Sie reicht ihrem Kind das Fleisch. Tilda nickt kurz, zur Begrüßung und gleichzeitig als Dank. Kramt ein Messer aus der Schublade, ein altes. Die Messer im Supermarkt taugten nichts, die wären auch im Handumdrehen wieder stumpf geworden. Tilda schneidet, dass es nur so knallt zwischen der Metallklinge und dem Holz des Schneidbretts. Agneta überlegt, ob Tilda nur deswegen Fleischknödel macht, um ihr zu beweisen, dass sie solide und bodenständig ist. Dass sie sogar in Stockholm ein echtes Zuhause schaffen kann.

«Wasch dir die Hände», sagt Tilda zu Agneta, die rückwärts hinaus und ins Bad geht. Die Seife ist hellgrün und soll riechen wie ein regennasser Wald. Sie reibt die Hände gründlich an allen kritischen Stellen ein, wie man es automatisch tut, wenn man ein ganzes Leben im Pflegedienst verbracht hat. Zwischen den Daumen. Über die Oberseite der Finger. Die Fingerspitzen. Eigentlich braucht das Kind ihr gegenüber doch nicht so einen groben Ton anzuschlagen, oder? Sie versucht zu pinkeln, obwohl sie gar nicht muss. Wartet, bis die Kunststoffbrille unter ihr warm wird. Holt ein paarmal tief Luft, um sich den Sauerstoff zurückzuholen, den ihr das Treppenhaus geraubt hat, und knallt den Toilettendeckel zu. Sie versteht nicht, was sie gemacht hat, dass Tildas Stimme so hart geworden ist, ob es einen glasklaren Anlass gab, für den sie sich entschuldigen könnte. Jetzt ist es eher ein Schneeball, der einen Hügel aus Kleinigkeiten heruntergerollt ist und dann zu einem großen Eisklotz gefror. Sie wäscht sich noch einmal die Hände.

In der Küche riecht es nach Essen, und Agneta wirft einen Blick in den Topf, als sie eintritt. Die grauen Teigklumpen schwimmen in der trüben Flüssigkeit. Wie soll sie diesen ganzen Teig aufessen, und wie soll ihr Magen das alles verdauen, was sie am Ende doch hineinkriegt? Ihr läuft das Wasser im Munde zusammen, als ihr der Essensduft in die Nase steigt. Agneta legt Tilda die Hand auf die Schulter und fragt, ob sie ihr etwas helfen kann. Tilda zuckt bei der Berührung zusammen, sagt, dass es sowieso gleich fertig ist, und rührt das Schweinefleisch mit einem Holzlöffel um. Agneta setzt sich auf den Stuhl und stöhnt dabei auf. Ihr Skelett fühlt sich an, als würde es vor lauter Schmerzen in grellem Neonton leuchten.

«Ist was passiert?», erkundigt sich Tilda und reicht Agneta einen Teller.

«Ach, das sind wahrscheinlich bloß die Nachwirkungen vom Nachtzug», erwidert Agneta und verzieht ihre Grimasse zu einem Lächeln.

«Mann, war das lecker», sagt Agneta und führt die Gabel noch einmal zum Mund. Das salzige Schweinefleisch ist knusprig, und der Kontrast zwischen Butter und Knödelteig und dem süßsäuerlichen Preiselbeerkompott zieht einem so schön die Geschmacksknospen zusammen.

«Für dich taugt's schon», sagt Tilda im Dialekt und lächelt sie an. Sie wischt sich den Mund mit einer Papierserviette ab. Das hatte Agnetas Mutter immer gesagt. Agneta lächelt zurück, obwohl es wehtut. Ihre Mutter ist so deutlich in Tildas Gesicht zu erkennen, vor allem, wenn sie so wie gerade eben ganz leicht lächelt. Ihre Mutter ist jung gestorben. Oder doch alt, wenn man sie mit Agneta vergleicht, aber die ist ja nicht tot. Noch nicht. Tilda schaut in die Ferne und denkt wohl auch gerade an sie. Die Großmutter, mit der sie so unendlich viele Stunden verbracht hat. Mit einem Webstück in den Händen und einer Decke auf dem Schoß. Agneta hat nie Weben gelernt. Sie wollte sein wie die anderen, sie wollte eine Mama haben und keine Enná. Dann kam Tilda, die eine Enná haben wollte, aber stattdessen eine Muore bekam, ihre Großmutter. Oder ist es einfach so, dass kein Kind so sein will wie seine Eltern? Trotzdem sind sie sich alle drei ähnlich. Dieselben grünen Augen. Die gleiche Haut, die schnell braun wird.

Es ist unmöglich, nicht zu schmatzen, wenn man Fleischknödel isst, und jedes Mal, wenn es bei Agneta besonders laut wird, verbrennt sie sich an Tildas missbilligendem Blick. Sie fragt sich, wo diese Stimmungsschwankung auf einmal herkommt. Vorhin sah Tilda doch fast schon froh aus, und jetzt schaut sie wieder so böse drein. Vielleicht hat Tilda an die Beerdigung ihrer Großmutter gedacht. Wie Agneta dort war, ohne wirklich da zu sein. Das wird sie sich nie verzeihen. Tilda auch nicht, wie es aussieht.

Sie sitzen schweigend am Esstisch. Agneta nimmt immer kleinere Bissen, damit sie weniger Essensgeräusche macht und das Schmatzen in den Griff bekommt. Aber es ist ihr immer noch unmöglich.

DAS GESCHIRR TROPFT vom Trockengestell. Sie schweigen immer noch, als Tilda sich neben sie aufs Sofa setzt. Agneta kann nichts dagegen machen, sie weiß einfach nicht, was sie sagen soll. Schaut auf ihr Bein hinunter, das die ganze Zeit am Boden auf und nieder wippt. Doch der flauschige Teppich verschluckt das Geräusch. Jetzt sollte sie es ihr vielleicht sagen, aber das nervöse Flattern in ihrem Bauch lenkt sie ab. Es ist gerade Werbepause, und plötzlich befällt sie eine wahnsinnige Lust auf eine Zigarette, der sie bald nicht mehr widerstehen können wird. Bevor sie die Worte loswerden kann, braucht sie Nikotin im Blut. Doch ihre Beine sind schwer, und sie bleibt sitzen. Das Herz schlägt ihr in der Brust, macht einen Schlag nach dem anderen. Es kämpft immer noch. Sie kann nicht mehr hören, was Tilda denkt. Früher sah sie es ihr immer an, als wäre es ihr ins Gesicht geschrieben, aber jetzt ist es, als hätte ihre Tochter die Frequenz gewechselt. Als wäre sie eine leere menschliche Hülle geworden, wie alle anderen, die Agneta in dieser Stadt sieht. Agneta steht auf, geht zur Tür und wickelt sich in ihre Jacke, aber ohne den Schal umzulegen. Tilda schaut sie immer noch nicht an. Was ist es nur, was Agneta getan oder unterlassen hat? Welcher Moment unter all den Malen, bei denen sie irgendetwas nicht geschafft oder vergessen hat oder zu aufdringlich war, hat diese unendliche Schlucht zwischen ihnen gegraben? Vielleicht ist es das gerade, dass man es nicht an einem Riesenvorfall festmachen kann. Sondern dass einfach ein Spatenstich nach dem anderen kam. Knut spitzt die Ohren, macht aber keine Anstalten, ihr zu folgen, als sie die Tür öffnet, um zum Rauchen hinauszugehen. Aus einer anderen Wohnung dringt der Duft nach Tacos, und ihre Schritte hallen auf dem Flur.

«DU STINKST», IST das Erste, was Tilda sagt, als Agneta wieder reinkommt. Ja, sie hatte es ihr wirklich sagen wollen nach ihrer Rauchpause, aber Tilda ist wie eine Gewitterwolke, die man erst mal auflockern muss. Tilda ahnt ja nicht, wie sich der Rauch einem so schön warm und wattig in die Brust legen kann, wenn einen nichts anderes mehr wärmen kann.

«Hier, schau mal», sagt Agneta, um Tildas Aufmerksamkeit vom Geruch abzulenken. Sie beugt sich über ihren Koffer. Nichts knackst, obwohl sie das Gefühl hat, als müsste ihr Hüftgelenk zumindest leise Geräusche machen. Agneta reicht ihr das Bild, und Tilda beginnt, vorsichtig am Klebeband zu ziehen, um das Geschenk zu öffnen. Es ist ein Foto von Agnetas Mutter und ein paar anderen Frauen in samischen Kolts vor einer typischen Kote. Es ist ein Schwarz-Weiß-Bild, aber sie blinzeln, als würde die Sonne scheinen. Der Rahmen ist aus Holz, etwas dunkler als Birke oder einfach lasiert, Agneta hat viel Geld dafür bezahlt. Keine der fotografierten Frauen lächelt.

«Danke», sagt Tilda und streicht sanft mit der Hand über das Foto, als könne sie ihre Muore dadurch zurückholen. Wie der Prinz, der sein Aschenputtel küsst, oder war es Dornröschen? An ihren Fingern, die immer weiter über das Bild streichen, bleibt Staub hängen.

«Das hab ich gefunden, als ich zu Hause aufgeräumt habe. Das ist Mama vor der Kirchenkote. Erkennst du sie?»

Tilda zeigt auf ihre Muore und lächelt. Agneta beugt sich wieder über ihren Koffer. Streckt ihrer Tochter ein traditionelles samisches Schuhband entgegen, das fast ganz in Rot gehalten ist. Das Garn kratzt auf ihrer Hand. Die Kanten sind so glatt gewebt, wie es nur ihre Mutter konnte.

«Das sind Mamas Stiefelbänder, die sie als Mädchen getragen hat, bevor sie konfirmiert wurde, und dann diese hier …» Agneta wühlt wieder im Koffer. «… zu denen sie gewechselt ist, als sie geheiratet hat, aber die kennst du ja schon.»

«Kann ich beide haben?», fragt Tilda. Agneta richtet sich auf, als sie sieht, mit was für behutsamen Fingern Tilda die Sachen anfasst. Obwohl sie selbst nicht nachvollziehen kann, was man mit einem solchen Paar alter Bänder anfangen sollte, hatte sie sich entschieden, sie einzupacken. Wirklich. Du bist mir wichtig, könnte sie zum Beispiel sagen. Ich verstehe, wie viel dir deine Muore bedeutet hat, würde auch gehen. Oder andere Dinge, vielleicht etwas zu ihrem Husten. Es braucht nur ein paar wenige Worte. Aber nicht, wenn Tilda lächelt. Sie würde umso tiefer abstürzen, wenn sie vorher so fröhlich aussieht. Dann doch lieber, wenn sie schon traurig ist. Oder vielleicht nicht wirklich traurig, aber etwas neutraler. Das nächste Mal, wenn Tilda neutral ist, das ist der richtige Zeitpunkt, beschließt Agneta.

«Ich webe ja nicht. Ich dachte mir, du freust dich vielleicht, wenn du das Muster als Vorlage hast – du webst doch immer noch, oder?», fragt Agneta und hustet. Sie muss daran denken, nicht so viele Worte in einem Atemzug zu sagen, sondern dazwischen immer wieder Pausen zum Luftholen einzulegen. Tilda zuckt mit den Schultern und murmelt: Ja, manchmal, aber sie lächelt auch. Agneta sperrt ihr Lächeln in sich ein, um es hervorzuholen, wenn es gebraucht wird.

«Mama hat immer mit dem Garn in der Hand dagesessen», fährt Agneta fort. Sie schaut ihr Kind an, das immer noch lächelt. Auf Geschenke ist eben Verlass. «Fehlt sie dir?»

«Ja, natürlich», sagt Tilda, ohne dass ihre Lippen die Form verändern. «Dir nicht?»

«Doch, natürlich.» Agneta will sich gerne entschuldigen wegen der Beerdigung. Will Tilda begreiflich machen, wie wichtig es ist, wenn die eigene Mutter begraben wird, dass Agneta ja auch dieser Meinung ist. Wenn sie sich nur dafür entschuldigt, taut vielleicht der restliche Eisklotz zwischen ihnen auch mit auf. Muss er einfach. Agneta sagt nichts. Stattdessen holt sie die abgestoßene grüne Mappe mit Tildas ganzen Zeichnungen aus dem Koffer, und Tilda lacht. Das wärmt Agneta wie eine Zigarette am Morgen.

«ICH HAB GEHÖRT, dass Anneli und Björn sich überlegen, ein Sommerhäuschen in Piteå zu kaufen», sagt Tilda plötzlich unvermittelt. Agneta krault Knut im Nacken. Sein Pelz ist speckig unter ihren Fingern. Sie kann seine Atemzüge an ihrem Oberschenkel spüren.

«Ja? Woher weißt du das?»

«Sie hat mich angerufen und es mir erzählt», sagt Tilda mit hörbarem Fragezeichen am Ende des Satzes.

«Ach so, ihr telefoniert öfters mal?» Agneta fühlt sich verraten. Von welcher der beiden, weiß sie nicht.

«Sie ruft mich immer dienstags auf dem Heimweg von der Wassergymnastik an», erzählt Tilda, als wäre es das Selbstverständlichste auf der Welt. Spricht Agneta selbst überhaupt so oft mit Tilda? Einmal pro Woche, wie soll man das denn hinkriegen? Die Wochen rasen nur so vorbei. Anneli wird immer da sein. Wird Tilda noch ihr ganzes Leben lang einmal pro Woche anrufen können. Anneli, die immer so gute Zimtschnecken backt. Schnittblumen im Garten anbaut. Immer wohlüberlegte Geschenke kauft. Agneta könnte jetzt eine Tablette vertragen, aber weiß, dass die nur gegen körperlichen Schmerz helfen.

«Kannst du dich noch an ihr letztes Sommerhäuschen erinnern?», fragt Agneta und lehnt sich auf dem Sofa zurück. Tilda nickt. «Viktor und du, ihr seid immer fast nackt durch die Gegend gelaufen und habt Kaulquappen gespielt.» Agneta lacht, und Tilda stimmt ein.

«Und ihr habt versucht, uns euren faulig vergorenen Hering aufzuzwingen», fügt Tilda hinzu und schüttelt hinter sich ein Sofakissen auf.

«Oh, Surströmming – da läuft mir das Wasser im Mund zusammen», antwortet Agneta und boxt Tilda leicht in den Arm, während die so tut, als müsste sie sich übergeben, und dabei noch lauter lacht.

«Weißt du noch das Nebelkrähenjunge, das wir aufgezogen haben?», fragt Tilda, und ihre Stimme wird auf einmal ganz hoch.

«Ja, natürlich. Wie hieß es noch?»

«Bodil.» Tilda wendet sich wieder zum Fernseher.

Sie hatte doch trotz allem eine schöne Kindheit gehabt. Oder?

Eine Stunde später tut Agneta, als wäre nichts, als sie sich ihr Schlafshirt anzieht. Die Lampe auf der Toilette verströmt ein weißes Licht, und ihr Körper sieht aus wie etwas, das zu Halloween auf der Straße rumlaufen könnte. Die Rippen auf ihrem Rücken sind deutlich zu sehen, und die durchsichtige Haut hängt überall in kleinen Falten herab, die spinnennetzartige Schatten werfen. Sie sieht krank aus. Dann wird ihr klar, dass das natürlich am Licht liegt. Zu Hause schläft sie nackt, sie mag es, wenn das kühle Laken direkt auf ihrer Haut liegt, und außerdem ist es gut für die Möse, wenn sie Luft bekommt. Aber jetzt geht das natürlich nicht. Oder doch, sie kann die Unterhose weglassen wie sonst, aber mit T-Shirt über der Brust. Nicht wegen ihrer Brüste, sondern um den Venenport und das Morphinpflaster zu verbergen, das an und für sich aussieht wie ein Stück durchsichtiges Klebeband. Tilda hätte gefragt, und Agneta hätte ihr antworten müssen. Das will sie nicht, heute ist es dafür schon zu spät. Dann würden sie ja die ganze Nacht aufbleiben müssen. Im Schein der Straßenlaternen dasitzen und sich weinend in den Armen liegen. Alles wird immer so viel schlimmer am späten Abend, deswegen ist es besser, wenn sie bis morgen wartet, wenn sie beide ausgeruht sind. Ja, so wird sie es machen.

Samstag

TILDA TRAT SIE immer furchtbar gerne gegen die Rippen, als sie in Agnetas Bauch war, sie wollte raus. Agneta hätte schon damals erkennen müssen, dass sie sich davonmachen würde, so schnell es ging. Sie setzt sich auf dem Sofa auf, als sie hört, wie Tilda die Tür öffnet. Ihre Tochter macht die Leine von Knuts Halsband los, und er kommt geräuschvoll zu Agneta gelaufen und leckt ihr die Hand. Er riecht nach Tau. Tilda schält sich aus ihrer langen schwarzen Jacke, die sie über ihre Schlafanzughose gezogen hat, und Agneta fragt sich, ob die Jacke mit echten Daunen gefüttert ist oder nur mit Kunststoff. Sie schaut auf die langen Beine, die bis zum Boden gehen, und die Haare, die ihr bis zur Armbeuge reichen. Auf die Hände, die die Leine abnehmen. Früher konnten dieselben Finger gerade mal einen von Agnetas Fingern umklammern. Das Baby wurde groß, bevor sie es richtig begriffen hatte.

In Tildas Körper schlägt ein Herz, das tut, was es soll. Das keine Geräusche macht oder zu viel Blut durchlässt, sondern nur gerade so viel, dass Tilda sogar ihr Lauftraining absolvieren kann. Agneta gefällt das nicht, aber der Arzt hat gesagt, dass es gut ist, dass Tilda jetzt so ist wie alle anderen. Er hatte natürlich recht, bis auf die Tatsache, dass Tilda keineswegs so ist wie alle anderen. Agneta schaudert, und die Erinnerung an jenen Tag, an dem Tilda operiert wurde, überfällt sie mit der gleichen Wucht, wie wenn man sich den Kopf an einer offenen Küchenschranktür anhaut. Dieses

Messer, das ungefähr genauso groß war wie das ganze Kind. Agneta wollte alles sehen und über jeden Schritt Bescheid wissen und durfte alle Maschinen anfassen. Was passiert, wenn es einen Stromausfall gibt, und erzählen Sie doch bitte noch mal, wie das Ganze der Reihe nach abläuft. Sie blätterte in einer Frauenzeitschrift, ohne wirklich etwas wahrzunehmen, denn weder die Bibel noch der Silberschmuck durfte mit in den OP, um sie zu schützen. Eigentlich glaubte sie ja gar nicht daran, aber die panische Stimme ihrer Mutter hatte sich in ihr festgesetzt und hallte ihr durch den Kopf. Ihre Brüste leckten und spannten, als sie auf ihrem harten Stuhl im Wartezimmer saß. Sie ließ sie schmerzen und kümmerte sich nicht darum, dass sich dunkle Flecken auf ihrem Oberteil ausbreiteten.

Und Agneta weinte auch nicht, als sie Tilda nach der OP wiedersehen durfte. Sie musste stark sein, während ihr kleines Mädchen schlief. Die Ärztin oder vielleicht eine Schwester sagte, dass alles gut gegangen war, und sie benutzte keine medizinischen Fachausdrücke, obwohl Agneta vorher gesagt hatte, dass sie das meiste verstand. Sie zitterte am ganzen Körper, denn Tilda atmete so leicht unter ihrer Decke, nur ganz kurze Atemzüge, die unmöglich bis zu den Lungen hinunterreichen konnten. Unter ihren Lidern bewegte sich nichts, so tief steckten die Betäubungsmittel noch in ihrem kleinen Körper. Agneta war nicht sicher, ob ihnen allen klar war, wie zerbrechlich dieses kleine Mädchen tatsächlich war, ob sie gewusst hatten, was sie taten, als sie so ein kleines Baby in Narkose gelegt hatten. Ob sie auch bestimmt die Augen wieder aufmachen würde. Sie wollte eine Hand auf den kleinen Brustkorb legen und das operierte Herz darunter schlagen spüren, aber sie traute sich ja kaum, über Tildas Körper zu atmen. Wollte sie nicht stören.

Sie betrachtet das Mädchen, das jetzt eine Frau ist, ihre Tochter. Vielleicht hatte sie ihre Liebe zurückgehalten, aus Angst, dass die Wunde sonst wieder aufgerissen wird. Es galt also, sich zu schützen, um nicht verletzt zu werden.

ANDERS ELDEMAN FRAGT im Radio, wer den Text zu dem Lied geschrieben hat, das wir gleich zu hören bekommen. Zu Hause hat Agneta die Kreuzchen immer direkt in ihre Zeitschrift gemacht. Sie schreibt die Antworten nicht so gerne am Computer, das ist für sie nicht dasselbe. Tilda weiß das und hat das Ganze deswegen gestern in der Bibliothek für sie ausgedruckt. Agneta wird ganz warm von dieser Fürsorglichkeit, und auch von der Sonne, die durchs Fenster scheint. Das mit dem Melodienrätsel hat bei ihnen Tradition. Jeden Samstag stellt Agneta sich den Wecker. An Tagen, an denen sie arbeiten muss, schaltet sie die Sendung für die Alten ein. Schaltete. Schaltete sie ein. Obwohl Tilda an der klassischen Teenagermüdigkeit litt, stand sie vor zehn auf. Knabberte langsam an einem belegten Knäckebrot, vielleicht trank sie noch ein Glas Saft dazu. Und murmelte die Antwort auf die Frage, wer da gerade sang. Jetzt hat Agneta sie gar nicht daran erinnern müssen, Tilda hat die Sendung von selbst eingeschaltet. Es ist gut, dass sie sich auf die Lieder und die Fragen konzentrieren müssen. Über die Musik reden und darüber, wie viel man schummeln darf. Agneta beißt in ihr Toastbrot. Es kracht zwischen ihren Zähnen, und die Butter rinnt ihr über die Zunge. Sie kaut vorsichtig. Nimmt einen Schluck von ihrem heißen Kaffee. Die Kombination aus Brot, Butter und Kaffee singt in ihr, und aus dem Computer singt Laleh über den ersten Frühlingstag. Agneta lässt den Text nicht an sich heran. Stattdessen drückt sie ihren Teelöffel in die Grapefruit. Laleh singt, dass sie noch nicht bereit zum Sterben ist. Der Grapefruitsaft läuft über, läuft ihr an der Hand herunter. Agneta führt den Löffel zum Mund. Die bittersaure Note kitzelt sie auf der Zunge. Laleh singt, dass sie noch ein bisschen dabei sein will. Schon ein bisschen großstädtisch, so eine Grapefruit zum Frühstück. Es ist nicht nur teuer, sondern auch noch umständlich zu essen. Tilda schreibt die Antwort auf, ohne zu fragen. Agneta kontrolliert über den Tisch hinweg, dass ihre Tochter sich für die richtige Antwort entschieden hat. Anscheinend isst Tilda jetzt nicht mehr Fil wie früher, sondern türkischen Joghurt. Agneta kommentiert es lieber nicht. Natürlich hätte es auch gewöhnlicher Fil getan. Birnen hat sie auch gehackt und über ein teures Müsli aus einer grünen Packung gestreut. Dazu noch Zimt, sodass sie einen richtigen Kuchen in ihrer Schale hat.

Agneta drückt aus Versehen zu fest auf den Käsehobel, als sie sich ein belegtes Brot machen will, und die Spitze des bröckeligen Käses löst sich ab. Wortlos greift sich Tilda das Stück und wirft es in Knuts Fressnapf. Sie hätte mit Agneta schimpfen können, aber sie lächelt nur.

«Ah, das willst du also anziehen?», fragt Tilda, die dasteht und sich Locken ins Haar macht, als Agneta umgezogen aus dem Bad kommt. Sie zieht an ihrem weinroten Pulli, den sie sicherlich schon oft angehabt hatte, doch ohne dass er deshalb abgetragen wäre. Die schwarze Hose ist ja sogar neu, denn die hatte sie sich kurz vor Abfahrt des Zuges noch gekauft. Und kleine goldene Ohrringe trägt sie auch.

«Ja, also ich hab es doch schon an, oder?» Sie will Tilda einen nett gemeinten Knuff gegen die Schulter geben, aber weiß, dass er am Ende doch zu hart werden würde. Dieser

Tonfall und der Blick, von denen Tilda glaubt, dass Agneta sie nicht bemerkt, sind nahe am Ekel. Wie sie sie immer anschaut! Als ob sie Nachsicht mit Agnetas Aussehen hätte, aber trotzdem unzufrieden wäre. Agneta schaut an ihrem Körper herunter. Man denkt nicht daran, dass da ein Skelett drinsteckt, bis es anfängt, rauszustehen, gegen die Haut zu scheuern und die Kleidung zu zerlöchern.

IN DER U-BAHN wedelt Tilda abwehrend mit der Hand, als ein Mann ihr einen Pappbecher hinhält. Sie weicht seinem wässrigen Blick aus. Armer Kerl – er bettelt um Geld, um sich etwas zu essen kaufen zu können, und lächelt trotzdem. Agneta sucht in ihrer Tasche, die früher mal Tilda gehörte. Schwarzes Kunstleder mit silberner Schnalle. Der Mann setzt sich auf den Sitz gegenüber, fragt sie nach ihren Namen, und Tilda starrt weiter aus dem Fenster, wo es nur Tunnel und kompakten schwarzen Stein zu sehen gibt. In der spiegelnden Scheibe sieht Agneta Tildas verkrampftes Gesicht. Sie steckt ihm einen Fünfzig-Kronen-Schein in seinen Becher und gibt ihm die ungeöffnete Dose Cola, die sie zum Ausgleich ihres Blutzuckerspiegels braucht, wenn ihr schwindlig wird. Aber er hier hat ja schließlich überhaupt nichts.

«Tilda, hast du nichts, was du ihm geben kannst?», fragt sie und zupft ihre Tochter am Ärmel. Tilda zieht ihren Arm weg und schaut dabei weder den Mann noch Agneta an.

Tilda steht mit dem Handy in der Hand da wie erstarrt, und Agneta würde es ihr am liebsten aus der Hand reißen, um zu sehen, ob das geht. Um zu sehen, wie das glatte Display, auf dem jetzt nur ein paar Fingerabdrücke zu sehen sind, in tausend Stücke zerspringt. Obwohl die Ampel von Rot auf Grün schaltet, bleibt Tilda stehen. Sie will, dass Tilda ihr nachläuft und über wichtige Dinge mit ihr reden will.

Ihr Brustkorb krampft sich vor Angst zusammen, weil Tilda die wenige Zeit, die sie noch zusammen haben, nicht nutzt. Aber dann wird ihr klar, dass sie Tilda gar keine Vorwürfe machen kann, weil sie ja noch gar nicht Bescheid weiß. Der steinerne Löwe sieht aus, als würde er die Augen zumachen, und Menschen hetzen an ihnen vorbei, obwohl sie es sicher nicht eilig haben. Sie tragen alle dieselbe Art von Mantel, es sieht aus, als würden sie in Morgenmänteln rumrennen.

«DIE SIEHT RICHTIG gut aus», sagt Agneta und hält Ausschau nach etwas, woran sie sich anlehnen kann. Die Medizin beginnt zu wirken, und die Schmerzen lassen langsam nach, aber ihr ist immer noch schwindlig. Die Jeans ist pechschwarz und passt Tilda wie maßgeschneidert. Obwohl sie nicht so eng sitzt, wie sie sitzen musste, als sie selbst jung war, findet sie, dass sie Tilda gut steht. Als Agneta jung war, musste sie sich auf den Boden legen, um den Stoff über ihre Oberschenkel ziehen zu können und dann den Knopf zuzukriegen. Der Verkäufer kommt auch dazu. Tilda dreht sich im Licht der Neonröhren hin und her, sieht aber trotzdem zufrieden aus, meint Agneta zu erkennen. Sie traut sich nicht zu reden, vor lauter Angst, dass dieses Lächeln dann von Tildas Gesicht verschwinden wird. Sie will alles Sanfte an Tilda in sich aufnehmen. Ohne zu fragen, schiebt der Verkäufer ein paar Finger zwischen den Jeansbund und Tildas Bauch, den sie hastig einzieht.

«Lass mal ganz locker», sagt er, «ich will bloß schauen, ob die Größe passt.» Dann überschüttet er sie weiter mit seiner Expertise und halt einen Vortrag, wie wichtig ein gutes Waschmittel ist und dass sie die Jeans auf links gedreht waschen soll, dass sie sich noch weiter dehnen wird, aber in der Taille nicht so viel, und ob sie nicht eine kleinere Größe probieren wollte – als hätte Tilda sich bereits entschieden, die Hose zu kaufen. Gleichzeitig bewegt er die Hände, als wäre er gestresst. Agnetas Gesicht wirkt im gnadenlosen Licht des Ladens grau. Immer dieses Neonlicht, das alles gnadenlos sichtbar macht.

Tilda zieht den Samtvorhang wieder auf. Um sie tanzt der Staub, sie haben offenbar nicht besonders weit gedacht, als sie diesen Vorhangstoff ausgesucht haben. Der Verkäufer kommt zurück und sagt, dass sie die Jeans, die sie nicht nimmt, einfach liegen lassen soll, er wird sich drum kümmern. Offenbar ist das alles kein Probleeem mit viel zu vielen Es.

«Und?», fragt Agneta und deutet mit einem Nicken auf den Jeansstapel, der in der Umkleidekabine liegt.

«Zu teuer.»

«Red doch keinen Unsinn.» Sie macht drei entschlossene Schritte vorwärts und nimmt die Jeans an sich. «Die nimmst du jetzt, ich hab noch nie einen schöneren Hintern gesehen.» Agneta marschiert davon Richtung Kasse. Strafft den Rücken. Sie ist eine gute Mutter.

«Wir nehmen leider kein Bargeld», sagt der Verkäufer, immer noch nett, denn noch ist die Hose ja nicht bezahlt. Agneta stößt einen demonstrativen Seufzer aus, steckt ihren Fünfhundert-Kronen-Schein wieder ein und zückt ihre Bankkarte. In sechs Monaten wird eine neue verschickt. Sie fragt sich, ob sie das noch erleben wird.

DIE TÜTE MIT der teuren Jeans schlägt Tilda gegen die Beine, als sie aus dem Geschäft gehen.

«Danke», sagt Tilda. Agneta lächelt, während sie neben ihrer Tochter geht – obwohl … vielleicht ist sie auch eher einen halben Schritt hinter ihr.

«Ich kann mir ja mehr leisten, seit ich nur noch mich versorgen muss.»

«Stimmt», sagt Tilda nur. Mehr entgegnet sie nicht. Sie hätte ihr jetzt von Jörgen erzählen können. Aber aus irgendeinem Grund wollen auch diese Worte nicht aus ihrem Mund. Sie will nicht, dass Tilda böse wird. Jörgen ist zwar ein guter Mann, aber Tilda würde ihr nicht glauben. Sie würde wahrscheinlich anfangen zu schreien und rumzumeckern, dass Agneta es verdammt noch mal noch nie geschafft hat, alleine zurechtzukommen. Und sie wollen sich doch wohl nicht anschreien, hier unter den ganzen Leuten? Nein, es ist besser, wenn dieses warme Gefühl noch anhält. Sie will es auspressen bis zum letzten Tropfen.

Sie gehen in eine enge Boutique. Wollen eine Handcreme für Agneta kaufen, die sich ständig Tildas borgen muss. Der Parfumduft bringt ihren Kopf zum Hämmern. Sie wundert sich, wie man es schafft, den ganzen Tag darin zu arbeiten. Ein Mädchen packt gerade Waren aus. Sie blickt auf, als die beiden näher kommen.

«Ja hallo, Schätzchen», sagt sie und lässt los, was sie gerade in der Hand hatte. Agneta dreht sich um, aber da steht niemand.

«Kennst du die?», flüstert Agneta, und Tilda zuckt zusammen, als hätte ihre Mutter zu laut gesprochen, aber das Mädchen scheint sich überhaupt nicht zu genieren. Tilda schüttelt den Kopf. Antwortet mit einem abwartenden Hallo. Das Mädchen scheint überhaupt nicht zu merken, dass die Stimmung gerade schlecht geworden ist. Sie lächelt die beiden weiter an. Agneta wird klar, dass sie einfach alle Kunden so begrüßt, als würde dieses große Wort gar nichts bedeuten. Ihr wird schlecht, aber eher seelisch.

«Kann ich euch weiterhelfen?»

Tilda holt ihre kleine Cremedose aus der Tasche, und das Mädchen bückt sich nach dem Karton neben ihren Füßen. «Da habt ihr jetzt aber Glück gehabt, wir haben gerade die neue Lieferung reingekriegt.»

SIE SETZEN SICH in die Ecke eines schummrigen Lokals, jede auf einen braunen Lederpouf. Das Germurmel rundherum bildet einen ständigen Geräuschpegel, und die Luft ist stickig. Jede von ihnen hat ein belegtes Brot vor sich. Agneta sah, wie die Kellnerin sie aus der Plastikfolie wickelte. Und einen Cappuccino für Tilda und eine Tasse schwarzen Kaffee für Agneta, beide in großen hellen Tassen. Sie rümpfte nicht die Nase über Tildas Wahl, sondern bezahlte einfach nur lächelnd. Ihr Gedanke, von Jörgen zu erzählen, hat andere Gedanken an die Männer in ihrem Leben losgetreten. Sie würde so gerne von Tilda hören, dass Anders ihr nichts bedeutet. Dass er nicht derjenige sein wird, an den sie sich wendet, wenn Agneta gestorben ist. Sie zögert, aber dann rückt sie damit raus. Sagt Worte, die sie innerlich aufreiben, seit sie ihr Todesurteil bekommen hat. Oder nein. Worte, an denen sie sich schon seit Jahren aufreibt. Mindestens seit fünfzehn Jahren. Sie kann sich zum Beispiel nicht vorstellen, dass diese Hände Tilda bei ihrer Beerdigung festhalten. Dieselben Hände, die Agneta eines Abends im Januar eine Rippe gebrochen haben. Oder dass Tilda, wenn sie hochfährt, bei ihm wohnt statt bei Anneli. Deswegen fragt sie ganz geradeheraus:

«Dein Vater hat dir doch nicht gefehlt, oder? Alle haben immer gefragt, aber ich hatte den Eindruck, dass dich das nie bedrückt hat.» Sie hört selbst, dass sie nach der Frage hätte aufhören sollen. Statt weiter vorzustürmen mit ihren

Erklärungen und Hoffnungen. Aber sie traute sich nicht, an der Stelle eine Pause zu machen.

Tilda dreht ihre Tasse zwischen den Händen. Es war offensichtlich doch nicht so schwer auszusprechen, was Agneta so lange belastet hat. Sie fragt sich, ob das Wort Krebs ihr genauso leicht über die Lippen kommen wird. Dann. Wenn es so weit ist.

«Er war kein Vater. Er war nur Sperma», antwortet Tilda und nimmt einen Schluck. Ihr wird fast schwindlig, als sie hört, dass Tilda ihn als ein Nichts betrachtet. Agneta überlegt, ob es so bleiben wird, wenn ein Elternteil tot ist, ob Tilda ihn dann nicht doch brauchen wird. Ein Elternteil ist ein Elternteil ist ein Elternteil, oder?

«Er hat mich geschlagen», entfährt es Agneta, und sie schlägt sich die Hand vor den Mund. Wagt es nicht, Tilda anzuschauen. War das hier ein letzter verzweifelter Versuch sicherzustellen, dass er nicht plötzlich doch eine wichtige Rolle in Tildas Leben spielen würde? Ab dem Moment, wo Agneta nicht mehr aufpassen kann.

«Ich weiß», antwortet Tilda ganz ruhig, und ihre Worte überraschen Agneta. Sie schaut in die grünen Augen ihrer Tochter. «Anneli hat es mir erzählt.»

«Oh», ist das Einzige, was Agneta hervorbringen kann. Sie schaut ihr Kind an. Das Stärkste, was sie kennt. Das mit nur einem Elternteil durchs Leben ging und nie nach dem anderen fragte und immer wusste, wohin es wollte. Einfach nur weg.

«WIE LÄUFT ES denn so mit deinen Freunden?», fragt Agneta, während sie auf den letzten Resten ihres belegten Brotes herumkaut. Sie sitzen immer noch im Café, Tilda isst sehr langsam, kaut jeden Bissen öfter als notwendig. Agneta muss an Hedda denken, unausweichlich taucht ihr Gesicht als Erstes auf, wenn sie an Tildas Freunde denkt. Hedda ist eine richtige Freundin. Zuverlässig und solide. Agneta wünschte, dass sie noch in Tildas Leben wäre, sie hätte gleich ein viel besseres Gefühl, wenn sie wüsste, dass Tilda zumindest eine echte Freundin hat, die sie in- und auswendig kennt. Sie fragt sich, ob die beiden überhaupt noch miteinander reden. Ob Tilda überhaupt weiß, dass Heddas Bauch sich schon wieder rundet. Agneta denkt daran zurück, wie Hedda von ihrer ersten Schwangerschaft erzählen wollte. Wie sie neben Tilda auf dem Sofa saß und sich den Bauch streichelte, wie Agneta schon lange vorher gewusst hatte, dass da drinnen etwas heranwuchs. Tilda war zu hart gegen Hedda, verlangte, dass alles so sein sollte wie früher, obwohl doch eigentlich klar ist, dass ein Baby alles verändert. Agneta weiß nicht, ob etwas Bestimmtes vorgefallen war, was die beiden auseinanderbrachte, nachdem sie fünfzehn Jahre beste Freundinnen gewesen waren. Also mal abgesehen von dem Kind. Agneta überlegt wieder, ob Hedda es erzählt hat. Hedda kam vor ein paar Wochen ganz stolz mit den Ultraschallbildern in der einen Hand zu Agneta nach Hause, während sie mit der anderen Alfred auf ihrer Hüfte festhielt.

Agneta mustert ihre Tochter. Die in ihr Leben trat und alles veränderte, auf die bestmögliche Art.

«Ist schon okay», antwortet Tilda nach einer etwas zu langen Pause.

«So hat das früher bei dir aber nicht geklungen?» Agneta rutscht auf ihrem Pouf herum, als ihr der Schmerz wieder in den Rücken fährt.

«Mama, das ist doch jetzt schon ein paar Monate her.»

Das war zu der Zeit gewesen, als sie es ihr schon hätte erzählen sollen. Agneta war ein paar Wochen vorher bei der Kontrolluntersuchung gewesen, weil sie so einen hartnäckigen Husten hatte. Und die Ärztin sagte «hoppla», schickte sie zum Röntgen und sah dann die Tumore. Die Ärztin im knielangen Kittel war die Ergebnisse mit ihr durchgegangen, doch Agneta hatte sie nur wie durch eine dicke Schicht Plastikfolie reden hören. Dann fuhr sie nach Hause, achtete dabei jedoch kaum auf die Straße. Stolperte ins Haus. Jörgen war auf der Arbeit, aber sie weinte nicht. Agneta setzte sich aufs Bett und tippte schnell und mit zitternden Händen auf ihrem Handy herum, bis sie Tildas Namen gefunden hatte und sie schnell anrief. Doch dann war Tilda so abwartend gewesen am Telefon. Weinte auch ein bisschen, das arme Kind. Und da konnte es Agneta ihr natürlich nicht erzählen. Wenn ihre Tochter bereits weinte. Vielleicht war es ja auch ganz gut, wenn sie die Gedanken an die Worte ihrer Ärztin etwas beiseiteschieben konnte. Sie weiß nicht mehr, was Tilda damals erzählt hatte, nur noch, dass es um Freunde ging und dass sie weinte. Fühlte sie sich vielleicht einsam? In Agnetas Kopf hatte es nur gerauscht.

«Ich mache mir doch nur Sorgen», sagt Agneta und windet sich auf dem Hocker. Sie bräuchte eigentlich eine Rückenlehne.

«Ist schon okay.»

Agneta schaut Tilda unverwandt an, aber fragt nicht weiter.

«Wann kommst du uns das nächste Mal besuchen?»

Tilda erwidert ihren Blick trotzig. Sie testet ihre Macht.

«Es ist ja bald Weihnachten.»

«Es ist schon so lange her, dass du bei uns warst.»

«Aber jetzt bist du doch hier. Und …», Tilda betont die Worte einzeln, sodass ihre Spucke durch die Luft fliegt, «… und es ist bald Weihnachten.» Tilda verschränkt die Arme, und Agneta hätte so gerne, dass Tilda sagt, Mann, war das jetzt schön, ich komm auch bald wieder hoch, und dann kann Agneta es wieder aufschieben und es ihr dann erzählen, wenn Tilda sie besucht.

«RAUCHST DU SCHON wieder?», fragt Tilda und starrt sie an. Sie haben das Café gerade verlassen. Auf dem Weg nach Was-weiß-ich-wohin auf den regennassen Straßen. Agneta zieht die Schultern hoch, um sich vor dem Wind zu schützen, und vielleicht auch vor den harten Worten. Sie ist leicht genervt, dass Tilda sie immer überwachen muss. Tilda wedelt sich mit der Hand vorm Gesicht herum und schaut böse drein, als Agneta sich die Zigarette ansteckt. Sie ist ungerecht, wenn sie so einen mürrisch-sauren Ton anschlägt. Zählt sie etwa mit, wie viele Agneta schon geraucht hat? Wenn Tilda ihr bloß das Rauchen lassen und nicht damit noch anfangen würde. Sie hat sich vorher auch schon immer genug dafür geschämt. Doch jetzt erst recht, wo alle ihre Ärzte ihr mittlerweile damit in den Ohren liegen. Aber das weiß Tilda ja nicht.

«Hast du oft Kontakt mit Hedda?», fragt Agneta.

«Sie meldet sich auch nicht mehr bei mir.» Tilda macht ihre drei Mantelknöpfe zu.

«Aber ihr wart doch immer so gute Freundinnen.» Tilda gibt ihr keine Antwort, und Agneta fährt fort: «Sie hat ja jetzt ein Kind.»

«Das weiß ich doch.» Tilda zieht ihren Schal hoch, um ihre Haare vor dem Regen zu schützen.

«Ihr Alfred ist richtig goldig.»

«Mama, ich hab ihn schon kennengelernt, bevor ich umgezogen bin, ich war doch im Sommer erst dort», fällt Tilda ihr ins Wort. Sie setzt einen Fuß vor den anderen und vergrößert so den Abstand zu Agneta. Damit die Leute nicht sehen können, dass sie zusammengehören.

«Du kannst ja mal an irgendeinem Wochenende vorbeikommen und sie und mich besuchen.» Auch Agneta hat jetzt ihre Schritte beschleunigt.

«Mama ...»

Tilda schluckt den Rest ihrer Worte herunter. Wie hoch sie die Nase trägt. Und dann ihr neuer Dialekt. Alles hier. Die weiße Bluse. Der Mantel, der eher hübsch als praktisch ist. Als wäre Tilda zu fein für alles geworden, was zu Hause gilt. Dabei sieht sie ja noch nicht einmal glücklich aus. Wäre Tilda doch nur ein bisschen mehr wie Hedda. Aus Agnetas Kehle blubbern Worte hoch, die sie nicht mehr bremsen kann:

«Wenn ihr so guten Kontakt habt, dann weißt du sicher auch, dass sie wieder ein Baby erwartet. Jetzt im Frühling.» Agneta sieht, dass Tilda es nicht gewusst hat, weil sie ganz kurz innehält. Agneta kennt diese Körpersprache.

«Wir können ja mal kurz in ein Geschäft gehen und schauen, ob wir ein Geschenk für sie finden», sagt Tilda und dreht sich von Agneta weg, damit sie ihren Gesichtsausdruck nicht lesen kann. «Du kannst es ihr dann ja mit hochnehmen, hab ich mir gedacht.» Tilda verstummt und scharrt mit einem Schuh im Kies. «Also erst hatte ich vor, ihr was mit der Post zu schicken, aber jetzt kannst du es ihr ja einfach mitnehmen.»

Sie gehen in ein Kinderbekleidungsgeschäft. Die Schaufensterpuppen ohne Gesicht sehen unheimlich aus und wirken nicht gerade einladend. Alles ist teuer und aus demselben fusseligen Fleece-Material, das es hier auch in allen Geschäften für Erwachsene gibt. Tilda fährt mit der Hand über einen rot-weiß gestreiften Body. Der kann nicht mal Größe 50 haben. Es fühlt sich an, als würde einer ihrer Tumore sie von innen treten, als ihr der Gedanke kommt, dass Tilda ein Leben weiterführen wird, an dem sie nicht mehr teilhaben darf. Vielleicht mit einem wachsenden Bauch, den sie niemals befühlen wird. Vor ihrem inneren Auge sieht sie Bananenkisten voller Kinderkleidung, die das Baby kriegen würde. Agneta würde Tildas Kinder in grünen Nicki kleiden. Sie sanft schaukeln. Es brennt hinter ihren Augen, und sie wendet sich ab, aber wohin sie auch schaut, überall sieht sie Kinderkleider oder Mulltücher oder winzig, winzig kleine Schuhe. Agneta stürzt aus der Tür. Kramt eine Zigarette aus ihrer Tasche und nimmt so tiefe Züge, wie sie nur kann.

«WARUM HAST DU mich behalten?» Tildas Ton ist anklagend. Als ob sie Agneta für ein schweres Verbrechen zur Verantwortung ziehen würde oder zumindest einen groben moralischen Fehltritt. In Tildas Hand schwingt neben der Jeans noch eine kleine Papiertüte mit einem noch kleineren Body darin. Er ist mit grünen Elefanten bedruckt. Agnetas Blick flackert zwischen Tilda und dem Gehweg hin und her, bevor sie lächelt. Der Gedanke war ihr nie gekommen, dass sie einmal Mutter werden würde. Jedenfalls nicht so früh. Aber dann blieb ihre Monatsblutung aus, sie machte einen Test, und dann bestätigten ihr ein dicker Strich und ein dünner Strich, dass in ihrem Bauch etwas wuchs. Ihre Hand tastete sofort danach und ließ monatelang nicht los. Sie wusste natürlich, dass es unpraktisch war. Dass sie noch sehr jung war und sich eigentlich kein Kind leisten konnte. Aber kein vernünftiges Argument griff bei ihr. Nicht einmal ihre weinende Mutter. Agneta hatte ihre Mutter noch nie zuvor weinen sehen. Trotzdem. Als Agneta es Anders erzählte, schlug er die Faust mit voller Wucht gegen die Wand, vielleicht hätte sie es in dem Moment schon ahnen müssen. Aber sie war ja noch so jung, man konnte nicht von ihr erwarten, dass sie so etwas wusste. Er versuchte, sie zu einer Abtreibung zu überreden, und Agneta erwiderte, ich brauch dich nicht, ich schaff es auch allein. Er blieb dann trotzdem bei ihnen.

«Es gab keine andere Option. Ich hatte es immer seltsam gefunden, dass man sagt, ich hab einen positiven Schwangerschaftstest, aber als ich dann auch zwei Striche sah, fühlte es sich tatsächlich nur positiv an. Einfach toll.»

Tilda gibt keine Antwort.

«Du bist so schnell groß geworden», fährt Agneta fort.

«Genauso schnell wie alle anderen wahrscheinlich.» Tilda schaut jetzt auf den Boden.

«Ja.» Agneta legt Tilda die Hand auf den Rücken, ohne dass ihre Tochter zusammenzuckt. «Aber für mich ging es zu schnell.»

«ICH HAB ANGEFANGEN, in der Garage aufzuräumen», sagt Agneta, während Tilda sich erneut den Schal um den Hals wickelt, das Schildchen mit der Aufschrift *ACNE* landet außen. Wahrscheinlich sollte es beiläufig wirken, aber Agneta sieht ganz genau, dass sie es absichtlich so hingedreht hat.

«Aha.»

«Ich hab dabei so viele schöne Dinge gefunden.» Agneta fummelt am Ärmel ihrer Jacke herum. «Was hast du eigentlich mit dem Haus vor? Also … in Zukunft, meine ich.»

Sie müssen sich an die Fassade eines kleinen Geschäfts drücken, als ein raumgreifender Trupp junger Männer an ihnen vorbeischlendert, ohne ihnen Platz zu machen. Tildas Schritte werden kürzer und klingen lauter auf dem Asphalt.

«Ich sage ja gar nicht, dass ich dich wieder daheim haben will und du nach Hause ziehen sollst, ich muss nur …» Agneta sieht, wie Tilda vor ihr zumacht, und verstummt. Die kleine Lücke, die sie mit der Brechstange aufgestemmt hatte, hat sich mit einem Rums wieder geschlossen.

«Verdammt, Mama, es hört sich aber ganz so an.» Tilda spuckt die Worte aus und dreht sich so jäh auf der Straße um, dass Agneta fast in sie hineinrennt. Tilda beißt sich auf die Innenseite ihrer Wange, wahrscheinlich um sich das Weinen zu verbeißen.

«Ich muss immer alleine so viel Schnee schippen.» Sie zeichnet mit den Fingern Anführungszeichen in die Luft.

Harte, schnelle Bewegungen, wie um den Inhalt zu unterstreichen.

«Ich will nicht, dass du nach Hause ziehst, ich will nur irgendwie die Zukunft planen können.» Agnetas Stimme klingt jetzt wieder schrill.

«Die Zukunft?», wiederholt Tilda eine Spur zu laut, und eine Person mit Kinderwagen schlägt einen Bogen um die beiden. «Ich werde auch in Zukunft nicht dort hinziehen.» Sie klingt fast angeekelt, als sie das sagt. Dort hin, nicht nach Hause.

«Das Haus …», fährt Agneta fort, wie ein Mähroboter, der stur geradeaus weiter auf die Autobahn zufährt, doch sie erkennt es viel zu spät.

«Ich will das Haus nicht haben, Mama, ich wohne jetzt hier.» Tilda hat die Stimme wieder gesenkt. Geht weiter, aber schaut sich um. Sie findet es wohl unangenehm, dass die Leute sie sehen können und sich ihren Teil denken. Agneta würde sie am liebsten mit Gewalt festhalten. Sie zum Stehenbleiben zwingen. Zum Zuhören.

«Ich weiß, mein Schatz, ich …»

«Schatz mich nicht an. Woher kommt auf einmal dieses ganze Kümmernwollen?»

Tilda sagt Worte, die es gar nicht gibt, bleibt wieder stehen. Sie stehen sich an einer Kreuzung gegenüber. Agneta tränen die Augen, sie muss tief Luft holen. Tilda sieht aus, als würde sie sich gerade wieder etwas einbremsen.

«Ich will doch nur, dass du begreifst, wie gut es mir hier geht. Ich will nicht wieder nach Hause ziehen, also brauchst du auch nicht die ganze Zeit versuchen, mich zu bequatschen», fährt Tilda jetzt etwas ruhiger fort. Sie verlagert das Gewicht von einem Bein aufs andere, sodass sich ihre Hüfte vorschiebt.

Agneta fährt ihr mit der Hand über die Wange. Ihre Tochter schlägt sie weg. Das Brecheisen, mit dem sie Tilda aufstemmen wollte, bekommt sie jetzt in die Brust. Erst will sie das Verhältnis zu ihr wieder reparieren, zumindest ein bisschen, bevor sie es ihr sagt. Sie will nicht, dass Tilda ihre ganze Gereiztheit in den Sand kippen muss, sobald sie es ihr erzählt. Agneta gelingt es ganz knapp, ihren ersten Schluchzer mit einem Huster zu überdecken und die Tränen wie eine Nebenwirkung ihres Hustens aussehen zu lassen, damit ihre Tochter nicht merkt, dass sie vor lauter Todesangst weint. Wut ist leichter zu ertragen als diese große, lähmende Leere. Ihre Armmuskeln spannen sich an, als müssten sie sich bereit machen zum Boxen.

«Du meinst also, das Haus, an dem Papa mehrere Jahre gebaut hat, soll einfach so verkauft werden?»

«Jetzt mach doch mal halblang», versucht Tilda, sie zu unterbrechen, doch Agneta ist jetzt nicht mehr zu halten.

«Seit es das Haus gibt, ist es im Familienbesitz gewesen, und jetzt soll es einfach so verschwinden?» Sie lässt die Arme ruckartig zur Seite schnellen, was den Protest ihrer Schulterblätter und ihres Rückens nach sich zieht.

«Du wirst da doch noch ganz lange drin wohnen, oder etwa nicht? Oder worum geht es hier eigentlich?»

Agneta hält inne und lässt die Arme wieder sinken. Noch ganz lange. Vielleicht ein halbes Jahr, ein Jahr.

Sie muss ein Leben entrümpeln, eigentlich mehrere Leben. Sie will, dass Tilda ihr dabei hilft. Denn wie soll sie das alleine bewerkstelligen? Jörgen könnte das Haus auch übernehmen. Agneta und Jörgen hatten sich kennengelernt, bevor sie von ihrer Diagnose erfuhr, und als sie nach Hause kam wie ein Gespenst, war er geblieben. Agneta wunderte sich darüber, dass er nicht Hals über Kopf floh. Er ist da, aber hält berechtigten Abstand, als wollte er sagen: Okay, ich kann für dich da sein, aber ich habe nicht vor, mich da noch tiefer reinzuhängen und traurig zu werden. Sie respektiert seine Entscheidung und seine Achtsamkeit sich selbst gegenüber, was er sich zumuten kann. Wie er einfach nur für sie da ist, wie ein Paar Arme auf dem Weg bis zum Ende.

SIE GEHEN SCHWEIGEND weiter, immer den Gehweg entlang. Nebeneinander, wenn der Platz reicht, aber eigentlich meistens hintereinander. Zwei Einsame im Gänsemarsch, die eigentlich zusammengehören. Zwischen ihnen ist es kalt. Agneta hat einen Klumpen im Bauch, sowohl metaphorisch als auch wörtlich. Sie muss dieses Eis zum Schmelzen bringen, sie will Tilda in die Arme nehmen und fest an sich drücken, wie damals, wenn sie als Vierjährige Albträume hatte. Damals, als Agneta noch der wichtigste Mensch der Welt für sie war. Die Einzige, die sie trösten durfte, wenn sich Tilda ein Knie aufgeschürft oder ein Glas Milch verschüttet hatte. Jetzt ist es eher so, dass Tilda sie am liebsten loswerden möchte. Als wäre sie ein Silberfisch in einem Waschbecken. Ungefährlich, aber eklig.

Agnetas Beine machen nicht mehr mit. Sie wollen schlurfen und nicht dauernd gezwungen werden, sich so weit vom Boden zu heben. Es fühlt sich an, als würde ihr jemand Zahnstein von der Wirbelsäule kratzen, und die Steinplatten sehen zu hart aus, als dass sie drauffallen möchte. Sie sucht mit den Augen, ihr Blickfeld wird schmaler, aber das ist natürlich nur Einbildung. Eine Parkbank sucht sie. Setzen sich die Leute in Stockholm denn nie hin? Tilda schaut sie an, und Agneta meint, einen Hauch von Misstrauen zu entdecken. Immer schön in den Bauch atmen, sagt der Psychologe in ihrem Kopf, aber was, wenn der Atem da nicht mehr hinkommt? Was soll man machen, wenn er plötzlich stockt?

Man darf nicht in Panik geraten, nie in Panik geraten. Sie macht die Augen wieder auf und atmet langsam ein.

«Können wir uns vielleicht ein bisschen hinsetzen?»

DIE BANK IST nass, aber Agneta setzt sich trotzdem drauf. Sie bückt sich und bindet sich einen Schuh neu, als hätte sie sich nur deswegen hingesetzt.

«Könntest du nicht kurz zu einem Laden laufen und mir einen Schokoriegel kaufen? Ich weiß auch nicht, was los ist, mir ist grade ein bisschen schwindlig geworden.» Agneta reicht Tilda ihr Portemonnaie. «Und eine Schachtel Zigaretten», ruft sie ihrem Kind hinterher, das gerade um die Ecke biegt.

Agneta macht ihre Tasche auf. Das Pflaster auf ihrem Arm reicht im Moment nicht mehr. Sie drückt sich zwei Tabletten aus dem Blister. Lieber soll es ihr eine Weile schlechter gehen. Sie muss sich aufrecht halten können, doch der Schmerz will sie in die Knie zwingen. Sie schafft es nicht, die Tabletten richtig runterzuschlucken, und dann bleiben sie irgendwo zwischen Kehle und Magen stecken und brennen.

EINE TOCHTER SITZT auf einer kalten Parkbank neben einer Mutter. Die Mutter ist käsebleich im Gesicht. Sie isst ein Stück Schokolade in großen Bissen. Hustet erneut. Zwei junge Männer auf einem Moped fahren vorbei. Beide tragen Helme. Der Junge, der hinten sitzt, hat einen Strauß Supermarktrosen in der Hand.

«Wo die wohl hinfahren?», sagt die Tochter leise, und die Mutter lächelt nur kurz, dann nimmt sie den nächsten Atemzug, der zum Husten ausartet. Er dauert lange. Die Tochter betrachtet den gebeugten, hustenden Körper.

AGNETA HAT ANGST, dass Tilda fragen wird, warum sie sich hinsetzen muss oder was es mit ihrem Husten auf sich hat. Wissen will, was los ist. Dann würde sie auch nicht mehr lügen, aber hier unter den ganzen Leuten kann sie es ihr ja wohl nicht sagen. Deswegen besteht sie auch darauf, noch zu H&M zu gehen, obwohl ihr Körper eigentlich noch länger sitzen müsste. Ganz still sitzen. Sie sehnt sich nach einem Sofa. Tilda seufzt laut, aber protestiert nicht weiter. Auch sie muss an den gigantischen roten Schildern gesehen haben, dass gerade Schlussverkauf ist. Der Menschenstrom wird allmählich dünner, oder vielleicht hat sie sich auch nur schon daran gewöhnt. Sie muss etwas mitnehmen und so tun, als wollte sie es gleich anprobieren, damit sie noch ein bisschen sitzen kann.

«Und, passt es?»

Agneta hört Tildas Stimme vor der Umkleidekabine und bekommt beinahe einen Herzanfall, als Tildas Hand nach dem Vorhang fasst.

«Moment», sagt sie, lauter als vielleicht notwendig gewesen wäre. Ihr bricht der Schweiß aus, obwohl sie nur ihre grau-weiße Hose und die Wollstrümpfe anhat. Natürlich war es unnötig gewesen, sich vor Tilda auszuziehen. Aber sie wollte so gerne, dass Agneta das Kleid mit den kleinen Blümchen anprobiert, und was tut man nicht alles. Tildas Hand lässt den Vorhang los, und Agneta zieht sich rasch das

Kleid über den Körper. Es hat einen V-Ausschnitt, und man kann den implantierten Venenport ganz deutlich sehen. Sie schaut sich um und merkt, dass sie das Kleid mit einem T-Shirt drunter hätte anprobieren sollen. Rasch zieht sie das Kleid wieder aus.

«Das saß überhaupt nicht», behauptet sie, und Tildas Hand greift wieder nach dem Vorhang. Agneta wendet sich zur Ecke, um die Spiegel und Tildas Blick zu meiden, und zieht ihr T-Shirt wieder an, während sie hört, wie der Vorhang vorsichtig zur Seite gezogen wird. Der Baumwollstoff legt sich ruhig über ihren Oberkörper. Man könnte durchaus glauben, dass es nur ein herausstehendes Schlüsselbein ist, wenn man nicht Bescheid weiß und deswegen nicht so genau hinschaut. Hinter dem Zucker von der Schokolade, deren Reste immer noch an ihren Zähnen kleben, hat sie einen Eisengeschmack im Mund. Es gab keine Sitzgelegenheit in der Umkleidekabine.

«Warum hast du es mir denn nicht mal gezeigt?» Tilda klingt aufrichtig gekränkt, und Agneta greift wieder zum Kleid. Sie fährt mit der Hand über den Stoff und zieht es jetzt kurzerhand über ihr T-Shirt.

«Sieht doch hübsch aus», meint Tilda und lehnt sich an die Trennwand zwischen den Umkleidekabinen. Agneta dreht sich unter dem Blick ihrer Tochter.

«Aber wann sollte ich das überhaupt anziehen?», protestiert sie.

«Meine Güte, man kann auch mal im Alltag ein Kleid anziehen, Mama.» Ihre Stimme ist wieder so hell wie bei den Südschweden. Agneta will das Kleid nicht kaufen, weil sie Angst hat, dass Tilda sie dann morgen drängen wird, es im Restaurant zu tragen. Da könnte sie das T-Shirt darunter nicht rechtfertigen. Jetzt probiert sie das Kleid ja bloß an, aber wenn sie es richtig tragen will, kann sie ja schlecht ein Baumwollshirt drunter anziehen, das würde ja alles verderben. Außerdem – ein Sommerkleid? Wird sie so was überhaupt jemals wieder tragen können?

«Ich finde es zu tief ausgeschnitten.»

«Aber Mama, du bist doch noch nicht mal fünfzig.»

«Ich muss es mir noch mal überlegen.»

Tilda lässt den Vorhang wieder los, lässt aber einen Spalt offen stehen, sodass Agneta das Geschäft sehen kann. Als wollte sie sie absichtlich bestrafen.

Als Agneta aus der Umkleide kommt, steht Tilda in einem beigefarbenen Wollmantel da, der an einen Bademantel erinnert, und posiert vor einem großen Spiegel. Es ist so ein Mantel, wie ihn alle haben, falls sie nicht schon so ein knielanges schwarzes Modell besitzen, das mit einem einzelnen Knopf geschlossen wird. Die Farbe hätte dunkler sein müssen, um sich nicht mit Tildas Teint zu beißen, aber sie verkneift sich die Bemerkung. Agneta hängt das Kleid wieder weg, streicht noch ein letztes Mal mit der Hand über den Stoff. Dann geht sie zu Tilda und legt ihr die Hand auf die Schulter. Tilda weicht ihrem Griff nicht aus.

«Ich finde, den solltest du dir kaufen», sagt sie und lächelt ihr Kind strahlend an.

In der U-Bahn erzählt Tilda von ihrem letzten Kurs an der Uni.

«Die benutzen so wahnsinnig abgehobene Wörter. In einem Landwirtschaftsgesetz von 1736 steht tatsächlich: Wie sollen Schweine auf die rechte Weise im Eichenwald äsen?» Tilda hebt ratlos die Arme und lacht. «Da fragt man sich doch: Hätte man das nicht in unsere Zeit übersetzen können?» Agneta lacht mit. Tilda fährt fort, über das Stimmrecht in den USA zu sprechen, und Agneta merkt, dass es ihr Spaß macht. Vielleicht nicht unbedingt das Thema als solches, aber es gefällt ihr, ihrer Mutter etwas erklären zu dürfen. Einfach so mal was zu können. Manches wusste Agneta schon, aber sie gibt trotzdem interessierte Laute von sich und sagt «wirklich?» und «ach nein, sag bloß.»

TILDA DREHT ZWEI Schlüssel in zwei Schlössern an ihrer Wohnungstür. Knuts Krallen sind drinnen auf dem Boden zu hören. Tilda drückt die Klinke herunter und geht hinein. Es riecht nach Urin. Knut hat auf den Boden gepinkelt, und Tilda schreit auf.

«Nur weil du unbedingt noch zu H&M wolltest.»

Knut weicht zurück und legt die Ohren flach. Tilda setzt sich auf den Fußboden, den man unter den ganzen Schuhen und der Türmatte gerade so erahnen kann. Sie schluchzt und heult Rotz und Wasser. Agneta steht wie versteinert daneben, und die Röte in ihrem grauen Gesicht muss ihr deutlich anzusehen sein. Sie schämt sich automatisch, wenn Tilda sie so hart angeht, obwohl sie überhaupt nichts falsch gemacht hat. Dann geht sie in die winzige Toilette und greift sich ein Handtuch.

«Nicht das», schreit Tilda, und Agneta lässt es einfach auf den schmutzigen Boden fallen, obwohl es frisch gewaschen ist. Man hätte es leicht wieder waschen können, besser, als Unmengen von Toilettenpapier zu verschwenden, und besser aufsaugen tut es auch. Agneta geht wieder rein und knallt den Schrank so laut zu, wie sie kann. Sie kommt mit einer Rolle Klopapier und einem Duftspray zurück und wirft beides Tilda zu. Tilda muss ja wohl selbst die Zeit im Auge behalten. Ihre Kiefer verkrampfen sich. Immer ist alles ihre Schuld. Tilda hatte ja nicht protestiert und gesagt, denk doch an Knut, obwohl es ihr Hund ist. Normalerweise hätte

Agneta sie darauf hingewiesen. Sie hätte gesagt, es ist doch dein Hund, und wenn du nicht an ihn denken kannst, dann solltest du vielleicht gar keinen Hund haben. Aber sie beißt sich auf die Zunge. Hält die Worte zurück, obwohl sie sich aufdrängen. Sie unterdrückt einen Seufzer, als Tilda sich einfach auf den Boden legt. Agneta steht dahinter und starrt auf ihr Kind, das nur wenige Handbreit neben der Pipipfütze liegt. So dramatisch, als hätte es noch nie jemand so schwer gehabt wie Tilda in diesem Moment. Dieses Verhalten erkennt sie wieder, schon allzu oft hat sie neben so einem Tilda-Haufen gekniet und gefragt, was los ist. Eine Weile ist das mehrere Male pro Woche passiert. Dieses außerirdische Weinen, das einfach kein Ende nehmen wollte. Der Atem, der immer schneller wurde. Und Agneta wusste nie, ob Tildas Herz das aushalten würde. Deswegen war sie jedes Mal wie versteinert angesichts dieser Panik. Jetzt explodiert Tilda gleich, dachte sie dann. Aber sie explodierte nie und wird es jetzt auch nicht tun. Wenn Tilda wirklich erwachsen spielen will, dann muss sie sich eben auch wie eine Erwachsene benehmen. Obwohl Agneta alles wiedergutmachen wollte, bevor sie die Worte ausspricht, bringt sie es einfach nicht über sich. Schließlich ist eine Pipipfütze ein Nichts, verglichen mit ihrem Krebs. Sie trampelt an Tilda vorbei in die Küche. Macht den Kühlschrank auf, nimmt die Tüte mit dem Hackfleisch heraus und knallt die Tür wieder zu. Dann nimmt sie die Leine vom Haken. Sie lockt den Hund, indem sie sich mit einer Hand auf den Oberschenkel klopft, und Knut kommt, mit immer noch angelegten Ohren. Sie versteht nicht, wie sie ihm dieses verdammte Geschirr anlegen soll, und Tilda blinzelt vom Boden zu ihr hoch. Agneta wirft das Geschirr neben sich auf den Boden und zieht einfach nur die Leine um Knuts Hals, wie eine Schlinge.

Sie nimmt tiefe Züge von ihrer Zigarette, während Knut zwischen Gras und Asphalt herumschnüffelt. Natürlich muss er jetzt nicht mehr pinkeln, er hat seine Notdurft ja schon auf dem Flurboden verrichtet. Sie bleibt lange mit einer festen Hand um die Leine stehen. Wenn er zu weit nach vorne zieht, hört sie, wie seine Luftröhre zusammengedrückt wird, und muss immer wieder die Schlinge lockern. Zumindest einer von ihnen sollte ordentlich atmen können.

Tilda liegt immer noch auf dem Boden, als sie wiederkommen, vielleicht ist sie eingeschlafen. Auch Agneta hat sich inzwischen beruhigt. Sie rollt Papier auf dem nassen Fleck aus und muss die Augen schließen, als sie sich bückt, weil ihr wieder diese Motorsäge durch den Rücken geht. Knut schämt sich und winselt neben Agnetas Füßen. Sie versprüht Raumduft und schaut dann auf ihr Kind, das da flach am Boden liegt, während sie sich bemüht, vom Geruch des Sprays nicht laut zu husten. Sie geht in die Küche. Wäscht sich die Hände mit Spülmittel und sucht, so leise sie kann, eine Rührschüssel heraus. Sie hebt Ei und Salz unters Hackfleisch, Semmelbrösel findet sie nicht, also muss es jetzt eben ohne gehen. Auf jeden Fall soll Tilda ihr Lieblingsgericht bekommen, zum Ausgleich für all das Schlimme, was jetzt kommen wird. Jetzt muss es einfach geschehen. Es muss, muss, muss. Ihr Handy vibriert, aber sie hat Hackfleisch an den Händen und lässt es auf dem Tisch liegen, bis sie alle Fleischklößchen fertig gerollt und in den Ofen geschoben hat. Sie setzt die Kartoffeln auf, bevor sie auf ihr Handy schaut. In der Wohnung ist es still. Tilda hat sich immer noch nicht gerührt, obwohl Agneta ein paarmal hintereinander wirklich laut mit den Schüsseln und Töpfen gescheppert hat. Knut liegt auch still irgendwo. Sie gießt sich ein Glas Wein ein, obwohl ihr Magen das wahrscheinlich nicht zu schätzen weiß. Rotwein beruhigt ihre Nerven, das ist schon immer so gewesen. Anneli hat ihr geschrieben.

Du musst es ihr jetzt sagen. Agneta, du musst einfach!

Es ist, als könnte Anneli Gedanken lesen. Agneta nimmt einen Schluck Wein. Er ist noch zu kalt, schmeckt nach nichts. Die Kartoffeln kochen über, es zischt auf der Herdplatte. Sie dreht runter auf Stufe vier. Verdammt aber auch, warum muss ausgerechnet sie es erzählen?

TILDA SETZT SICH auf, und Agneta fragt: «Hast du gut geschlafen?», und nichts an ihrem Ton ist hart oder vorwurfsvoll. Knut schleicht zu Tilda. Als sie ihn an sich zieht und ihr Gesicht an seinem Hals vergräbt, sieht Agneta, wie er endlich wieder anfängt zu wedeln. Tilda kriecht auf allen vieren zur Küche. Schmiegt ihre Wange an Agnetas Knie. Eine Entschuldigung vielleicht? Sie entscheidet sich, die Geste so zu interpretieren. Sie selbst hat jedenfalls nicht vor, um Entschuldigung zu bitten.

«Was gibt's denn zu essen?», fragt Tilda mit Sommerstimme, und Agnetas Entschlossenheit, es ihr zu erzählen, rinnt aus ihr heraus, als ihr Kind sich so an sie kuschelt. Ihre Augen sind schon ganz rot geschwollen vor lauter Tränen. Das Kleinkind in ihr ist nicht zu übersehen, und wie könnte man mit so einem empfindlichen Menschen Klartext reden? Etwas, das schon Sprünge hat, komplett zerschmettern? Sie dreht ihr Handy um, um Annelis Worte, die das Display vorher aufleuchten ließen, zu verstecken und zu vergessen.

Sie setzen sich an den Tisch, und es riecht wunderbar nach Köttbullar mit Salzkartoffeln in der Wohnung. Agneta weiß, dass sie sich mehr auftut, als sie herunterbringen wird, aber es sieht einfach so lecker aus. Kann es nicht noch ein bisschen so bleiben wie immer?

AGNETA HAT BESCHLOSSEN: Jetzt muss es geschehen. Sie schaut lange auf das Bild, das an der Wand hinter Tilda hängt. Es ist nur ein an der Wand befestigtes Blatt Papier, nicht mal gerahmt. Weißer Hintergrund und ein paar schwarze Striche. Wenn man es mit Fantasie betrachtet, sieht es aus wie ein Mensch, der in sich zusammengesunken dahockt. Agneta muss es jetzt wirklich tun. Vor ihrem inneren Auge sieht sie ihren Psychologen, der ihr sagt, dass es jetzt Zeit wird, als würde er alles wissen. Sie hat nicht vor, es seinetwegen ihrer Tochter zu erzählen, und auch nicht wegen Anneli. Sie richtet den Blick auf ihre Tochter. Im Sommer hat sie immer Sommersprossen auf ihrer rundlichen Nase. Und ihre Haare kriegen ganz von alleine Locken, das hat wahrscheinlich mit der Luftfeuchtigkeit zu tun. Sie setzt im gleichen Moment zum Sprechen an, als Tilda ihr Handy in die Hand nimmt und mit schnellen Fingern darauf herumtippt.

«Wem schreibst du da?», fragt Agneta stattdessen. Ihre Stimme, die eigentlich darauf eingestellt war, jetzt alles zu erzählen, klingt klein und ängstlich.

«Niemandem», sagt Tilda und legt das Handy wieder aus der Hand. Agneta betrachtet ihre Tochter. Das Make-up, für das sie am Morgen eine Viertelstunde gebraucht hatte, ist weggeweint durch die Tränen ihres Flurzusammenbruchs. Sie bringt es nicht über sich zu fragen, weswegen sie so zusammengebrochen ist, denn sie will es gar nicht hören. Agneta schafft es nicht und hat es noch nie geschafft, sich damit zu beschäftigen. Tilda hat die Knie jetzt wieder an den Körper gezogen. Die Jeans sieht nicht so aus, als würde sie spannen, aber Tilda sitzt, und das ist gut so, denn jetzt wird sie die Worte aussprechen. Knut liegt unter dem Sofa, ein paar Meter hinter ihnen, er dreht den Kopf herüber und streckt die Beine aus. Die CD, die Tilda aufgelegt hatte, als sie zu essen anfingen, ist zu Ende. Tilda ist ganz klein, wie sie so zusammengesunken in sich selbst mit angezogenen Beinen dahockt. Agnetas Brustkorb schnürt sich zusammen, nicht mehr nur aus Sauerstoffmangel. Sie kann sich nicht vorstellen, was ihre Worte mit ihrem Kind machen werden.

«Es gibt da was, worüber ich mit dir reden muss.» Die Worte finden ihren Weg heraus, obwohl sie sie nur im Kopf gedacht hatte. Sie prallen ein paarmal zwischen ihnen hin und her. Tilda brummt, fährt aber fort, die Gabel auf dem Teller in dem Soßenrest hin und her zu ziehen. Agneta räuspert sich, macht ein paar tiefe, rasselnde Atemzüge und kommt im letzten Moment ins Schwanken.

«Ich hab viel über das Haus nachgedacht.»

«Ich hab nicht vor, nach Hause zu ziehen, Mama.» Diesmal spricht Tilda die Worte nicht so betont, dass gleich die Spucke durch die Gegend fliegt. «Am besten wäre es, wenn du es einfach verkaufst, du brauchst ja gar nicht so viel Platz.»

«Ja, aber ich dachte, wenn du …»

«Ich werde es nicht übernehmen. Herrgott noch mal, wie oft muss ich das eigentlich noch sagen?»

«Aber sollte es nicht in der Familie bleiben? Denkst du das wirklich?» Agneta schluckt ärgerlich und dann noch einmal, als ihre Brust Widerstand leistet. Sie atmet langsam aus, um den Druck in ihrem Brustkorb zu lindern. Das Zimmer vor ihr scheint auf einmal in Schieflage zu geraten. Sie zwingt sich, wieder einen weicheren Ton anzuschlagen.

«Eigentlich war es ein anderes Thema, über das ich …» Agneta kann den Satz nicht fertig sprechen, denn Tilda steht auf und geht mit ihrem Teller zur Spüle.

Agneta sucht Jörgens Nummer auf ihrem Handy und ruft ihn an, als Tilda die Tür hinter sich und Knut zumacht. Hinter Jörgens Namen steht auch kein Nachname in ihrer Kontaktliste.

«Ja, hallo?», sagt er in fragendem Ton und klingt nicht so erfreut, wie sie gehofft hatte. Der Fernseher läuft im Hintergrund, die Eishockeybahn ist wie immer wichtiger als die reale Welt um ihn herum. Das Geschrei der Kommentatoren dröhnt durch den Hörer und die mehr als tausend Kilometer bis hinunter zu ihr, denn es ist wohl gerade ein Tor gefallen.

«Ich möchte, dass du mir sagst, dass ich es ihr jetzt einfach sagen soll», sagt Agneta hastig. Sie holt Luft, und es fällt ihr nicht mehr ganz so schwer wie vorher. Jörgen sagt «aha» und «mhm», und die Kommentatoren schreien ihr noch lauter ins Ohr. Er ist besser als alle anderen Männer, die sie jemals gehabt hat. Trotzdem. Manchmal will sie sich einfach die Ohren zuhalten, wenn er redet.

EINE TOCHTER UND ein Hund mit kurzen Beinen kommen wieder in die Wohnung. Eine Mutter liegt halb auf dem Sofa. Hat ihnen Wein nachgeschenkt. Die Tochter schleudert ihre Schuhe von den Füßen und setzt sich neben sie. Mutter und Tochter lächeln sich an, die harten Worte vom Abendbrot sind schon vergessen. Der Hund legt sich auf den Boden nieder und kreuzt die Pfoten unter seinem Kopf.

«Hattest du nie das Gefühl wegzuwollen?», fragt die Tochter, und die Mutter trinkt einen Schluck.

«Hierher nie. Nicht nach Stockholm. Aber fort schon», sagt die Mutter.

«Und warum hast du es nicht gemacht?», fragt die Tochter.

«Ich hab dich bekommen», antwortet die Mutter, und als sie die Worte ausgesprochen hat, ist es auf einmal ganz still.

«Entschuldige», sagt die Tochter.

«Blödsinn, dafür musst du dich doch nicht entschuldigen. Ich bin doch froh, dass ich dich bekommen habe», sagt die Mutter. Sie weicht dem Blick ihrer Tochter aus, und die Tochter legt der Mutter den Kopf auf die Schulter.

«Es ist doch noch nicht zu spät», meint die Tochter.

TILDAS WORTE, DIE ihr im Kopf hin und her prallen, hinterlassen blaue Flecken. *Es ist doch noch nicht zu spät.* Ach, wenn ihr Kind nur wüsste. Agneta nimmt einen großen Schluck Wein, um den Kloß im Hals wegzuspülen. Dass Tilda es immer noch nicht weiß. Man muss schon wirklich ein böser Mensch sein, wenn man so eine Sache vor seinem Kind verheimlicht.

Doch, natürlich hätte sie auch noch umziehen können, obwohl sie Tilda bekommen hatte, aber sie hatte eben einen festen Job und konnte sich im Fernstudium weiterbilden, und das Baby wollte sie behalten, das spürte sie im ganzen Körper. Dieses Gefühl war viel stärker als irgendein abwegiger Traum, der sich eigentlich nie nach einer realen Chance angefühlt hatte. Die Sicherheit für ihr Kind ging ihr über alles, und vielleicht war es sogar ein bisschen bequem. Sich zufriedenzugeben und sich nicht der Gefahr des Scheiterns auszusetzen. Irgendwas hatte sie wohl richtig gemacht bei ihrem Kind, dass Tilda so viel mehr Mut besaß und wegging. Sie redet es sich zumindest ein, dass es gut war. Diese Sanftheit in Tildas Stimme, die Verlegenheit. Agneta will diesen Moment in die Länge ziehen, während der weiche Ton ihren Gehörgängen schmeichelt und sie sich das Gehirn in Watte packen lässt.

Was ihr außer dem Gedanken an Tilda am meisten wehtut, ist, dass es in ihrem Leben eigentlich gar nicht so viel gibt, das sie verliert. Bevor sie den Bescheid bekam, war das

Leben nicht mehr als ihr Job. Vielleicht noch das Rauchen mit einem dementen alten Mann. Auf dem Sofa einschlafen. Sex mit einem Mann haben, den sie kaum mochte, nur um seine Hände hinterher um sich zu spüren. Sie wartete auf was auch immer, und dann wollte der liebe Gott sie wohl mit ein bisschen Krebs erschrecken, aber der breitete sich schneller aus, als man vorausgeahnt hatte, wie es Krebs ja gerne mal tut. Ein Feuer auf einer Sommerwiese. Und die Einsicht, dass sie ihr Leben nicht für so selbstverständlich hätte nehmen dürfen, kam ihr dann auch, aber da war es natürlich zu spät. *Es ist doch noch nicht zu spät.*

EINE TOCHTER SCHÜTTET Chips in eine Schale. Leicht gesalzene, das ist die Lieblingssorte der Mutter. Die Tochter nimmt sich einen von den größten schon an der Spüle und stellt dann die Schüssel behutsam auf den Glastisch. Danach legt sie der Mutter den Kopf auf den Schoß. Sie schließt die Augen lange, atmet tief aus. Ihr blondes Haar bildet eine Decke über den Beinen der Mutter. Die Mutter streckt die Hand nach den Chips aus und schmatzt laut, als sie sich die erste Ladung in den Mund geschoben hat. Wird ganz atemlos von der Geschwindigkeit, mit der sie sich die frittierten Kartoffeln in den Mund schaufelt. Ihre Tochter schließt die Augen, ihr Kopf bewegt sich mit ihrer Mutter mit, wenn diese in die Chipsschüssel greift. Sie sehen ruhig aus. Zufrieden.

AGNETA STREICHELT TILDA den Kopf, der schwer auf ihrem Schoß liegt. Sie muss doch furchtbar unbequem liegen, auf diesem Skelett, das im Grunde das Einzige ist, was noch von ihr übrig ist. Die Worte drücken sie, wollen raus, und sie nimmt noch eine Handvoll Chips. Wenn man den Mund voll hat, kann man wichtige Worte nicht laut aussprechen. Tilda liegt bei ihr. Atmet. Sie würde ihre Tochter am liebsten für immer so auf dem Schoß haben. Ihr unaufhörlich mit der Hand übers Haar streichen. Agneta kann diesen Moment einfach nicht zerstören. Fast steigen ihr die Tränen in die Augen. Ihre Tochter schließt die Augen, und Agneta streicht ihr weiter übers Haar. Sie will, dass Tilda so einschläft.

«Mama? Als Muore starb …», beginnt Tilda, doch Agneta kaut einfach weiter ihre Chips und streichelt die blondierten Haarsträhnen. Sie bringt es nicht über sich, sich jetzt mit Kummer auf Tildas Gesicht auseinandersetzen zu müssen. Tildas Großmutter und Agnetas Mutter. Und dem Tod.

«Du hast mich nie gefragt, wie es mir ging. Obwohl ich die ganze Zeit da war und obwohl ich sie gefunden hatte», fährt Tilda fort, bevor sie verstummt. Ihr Nacken spannt sich gegen Agnetas Oberschenkelmuskel oder das, was von ihm noch übrig ist. Eine harte Stimme in Agnetas Kopf sagt, dass Tilda sie ja auch nicht gefragt hatte. «Ich bin reingekommen, und sie war tot, und als ich dich angerufen hab, hast du nur gesagt, dass ich das Fenster aufmachen soll, mehr nicht.»

«Ich weiß», lenkt sie ein, bevor Tilda noch mehr sagen kann. «Ich weiß. Ich war egoistisch. Es war mir einfach zu viel, mit allem …» Agneta wiegt Tildas Kopf auf ihrem Schoß leicht hin und her.

Tilda nickt. Ein Tumor klettert in Agnetas Brustkorb hoch und bleibt so stecken, dass er ihr aufs Herz drückt. Sie stellt sich selbst in so einem blöden Sarg vor, und Tilda, die nicht richtig bei der Sache ist und draußen stehen bleibt, obwohl die Kirchenglocken läuten. Die den Pfarrer die Kirchenlieder aussuchen lässt. Ungerührt. So darf es einfach nicht kommen. Auf keinen Fall.

«Der Pfarrer hat nichts über sie gesagt. Es waren einfach nur Texte aus der Bibel. Als hätte sie keiner gekannt», sagt Tilda und macht Anstalten, sich aufzusetzen. Agneta hindert sie daran.

«Ich weiß», sagt Agneta noch einmal, denn sie weiß es ja nur allzu gut. Sie hat auch nichts zu ihrer Verteidigung vorzubringen. Nur, dass es doch bloß eine Beerdigung war, und die Einzige, die über die fehlende persönliche Note und das ganze Drumherum hätte traurig sein können, war tot. Doch Agneta hatte Tilda vergessen. Diese trockenen Kekse waren das Einzige, was man den Trauergästen anbot. Es gab keine festlich gedeckten Tische. Keine Reden zu Ehren ihrer Mutter. Nur verbrannten Kaffee im Stehen, unpersönliche Kekse, Danke und Auf Wiedersehen.

Auf Agnetas Beerdigung müssen Reden gehalten werden. Sie fragt sich, was Tilda wohl sagen wird. Ob Tilda etwas sagen wird. Agneta streckt die Hand nach Tilda aus, die kurz zögert, bevor sie sie ergreift.

«Ich sehe deine Großmutter in dir», sagt Agneta. Tilda drückt ihre Hand fester.

AGNETA PUTZT SICH die Zähne. Sie hat versucht, ihre Worte vor dem Spiegel zu proben, aber das half auch nichts. Warum wollen ihr die Worte nicht über die Lippen kommen? Sie ist sich nicht mal selbst sicher. Immer wieder gibt es neue Ausreden. Erst ist Tilda zu fröhlich, dann zu traurig. Sie versteht nicht, dass Tilda nicht gefragt hat, was ihr fehlt, die Haut hängt ihr doch so schlaff von den Kiefern. Sie sieht nicht gesund aus, da ist sie sich ganz sicher. Vielleicht denkt Tilda ja einfach, dass sie schon immer so fertig aussah. Vielleicht schaut Tilda einfach nicht richtig hin. Vielleicht tut ihr Agneta in den Augen weh. Sie spuckt aus und spült ihre Zahnbürste ab, dann knallt sie die Badezimmertür zu. Entschlossen. Jetzt wird es passieren.

Agneta spannt das Laken auf das Schlafsofa. Der Puls schlägt ihr heftig am Hals, sie fühlt sich nicht besonders. Sie wirft ein Kissen weg und legt sich hin. Das Sofa ist zu kurz für sie, aber doch besser als irgendwas, denn Tilda sitzt auf dem Bett und lächelt. Glücklich in ihrer Unwissenheit, denn was man nicht weiß, macht einen nicht heiß. Und sie will doch, dass es Tilda gut geht, oder? Sie will doch, dass diese Augen weiter glänzen und … Agnetas Handy vibriert neben ihr auf dem Wohnzimmertisch, sie drückt auf den grünen Hörer und hält es sich ans Ohr.

«Hallo?»

Annelis Stimme dringt an ihr Ohr. Sie fragt, wie es ihr

geht, ohne diesen allzu zartfühlenden Ton in der Stimme, den alle anschlagen, die Bescheid wissen. Anneli schlägt nie so einen Ton an.

«Hast du es ihr jetzt erzählt?»

Agneta murmelt eine wortlose Antwort und macht eine wedelnde Geste mit der Hand, aber dann fällt ihr ein, dass Anneli sie ja gar nicht sehen kann.

«Gleich», sagt sie stattdessen. Der Kloß in ihrem Hals wächst weiter, vielleicht hat sich der Krebs schon bis dahin ausgebreitet.

«Hinterher wirst du dich besser fühlen», sagt Anneli und schmatzt mit der Zunge. Es klingt, als hätte sie Rotwein getrunken.

«Hinterher», wiederholt Agneta.

Sie legen auf, und sie versucht, sich auf dem Sofa zurechtzulegen, das jetzt ihr Bett ist. Es hat eine durchgesessene Stelle, die ihren Körper in Schieflage bringt und ihr Rückenschmerzen verursacht. Sie würde am liebsten runtergehen und eine rauchen, aber wie soll sie es dann hinterher wieder die Treppe hochschaffen? Sie beschließt, stattdessen einfach eine Schlaftablette zu nehmen, und steht auf.

«Was nimmst du da?», fragt Tilda, und Agneta antwortet: «Alvedon, ich hab ein bisschen Kopfweh.» Und dann nimmt sie auch zwei Alvedon, denn sie will ja nicht lügen. Diese Wachsamkeit in Tildas Worten. Ahnt sie doch schon etwas?

Sonntag

AGNETA WIRD VON ihrem eigenen Husten wach. Sie versucht, es zu unterdrücken, aber davon wird ihr Gehuste nur noch schlimmer. Tilda bewegt sich in ihrem Bett. Murmelt irgendwas. Agneta bricht unter den Achseln der Schweiß aus, als der Husten so weitergeht, dass sie kaum noch Luft bekommt. Draußen ist es immer noch dunkel. Stirbt sie jetzt? Knut kommt zu ihr. Sie muss noch mehr husten, ihre Lungen wollen ihr Innerstes nach außen kehren, etwas ausstoßen, was nicht drin sein soll. Knut stößt mit seiner nassen Nase gegen ihren Arm, und sie krault ihn hinter den Ohren mit der Hand, die sie sich nicht vor den Mund hält. Sie zieht sich eine Hose und einen Pulli an und wankt auf den Flur. Knut muss drinnen bleiben, sie kann seine Leine nicht finden. Das ganze Treppenhaus hallt wider von ihrem Husten, und sie stolpert die Stufen hinunter und hinaus in den Morgen, der immer noch Nacht ist. Sie hustet gründlich, und die kühle Luft macht es ihr einfacher. Sie ist feucht und voller Sauerstoff. Sie fröstelt und schlägt sich die Arme um den Oberkörper. Als Tilda noch ein Säugling war, sind sie oft schon ganz frühmorgens mit dem Kinderwagen raus. Sie konnte nur schlafen, wenn der Wagen schaukelte und rumpelte, und Agneta gab es irgendwann auf, in ihrem Bett schlafen zu wollen. Sie ertrug es nicht, dieses Geschrei von den Wänden widerhallen zu hören. Jetzt fühlt sie sich wieder wie damals. Außer, dass jetzt alles anders ist.

ZUM FRÜHSTÜCK GIBT es noch mehr Schweigen und einen weiteren Doku-Podcast aus den Lautsprechern. Agneta hat keine Ahnung, wovon sie da reden. Sie schaut nur ihre Tochter an. Ihre dünnen, aber trotzdem starken Beine und ihre Lippen, die den Kaffee schlürfen, bevor sie noch mehr Milch dazugießt. Agneta versucht es wirklich. Sie nimmt Anlauf und formuliert die Worte in Gedanken aus, aber es will einfach kein Laut aus ihrer Kehle kommen, ihre Zunge liegt ihr wie gelähmt in der Mundhöhle.

Tilda fasst Agneta am Kinn und bewegt ihren Kopf von einer Seite auf die andere. Inspiziert sie. In der anderen Hand hat sie eine kleine Bürste. Agneta hatte nicht hingehört, was es war, irgendein Make-up einfach. Sie will an nichts anderes mehr denken als an die behutsamen Hände ihrer Tochter, die sie berühren. Die sich um sie kümmern, ohne sich zu kümmern. Die einfach helfen wollen, ohne sie groß zu bemitleiden. Nachdem sie ein paarmal mit der Bürste Maß genommen hat, zieht sie sie schnell über Agnetas Wangenknochen. Dann geht sie über zu ihren Augenbrauen. Agneta sind immer mehr Haare gewachsen, während ihr Körper immer weniger wurde. Als ob irgendein primitiver Instinkt ihr ein Fell wachsen lassen wollte, damit sie nicht so fror. Bald werden ihr diese Haare wohl auch ausfallen. Tilda scheint es nicht zu bemerken, obwohl sie ihr Gesicht so nah an dem ihren hat.

«Das ist jetzt vielleicht ein bisschen zu hell, aber besser als gar nichts», sagt sie, bevor sie den Stift zu Agnetas linker Augenbraue hebt. «Nein, nicht zumachen.»

EINE MUTTER UND eine Tochter sind mit der U-Bahn bis zur Haltestelle Slussen gefahren und im beißenden Wind spazieren gegangen. Als die Mutter aus der Toilette des Fotomuseums kommt, sieht man, dass sie sich das Gesicht schnell mit Wasser gewaschen hat. Mit müden Augen lächelt sie ihre Tochter an. Die Falten auf der Stirn der Mutter und seitlich neben den Augen scheinen sich während ihres Aufenthalts in Stockholm vertieft zu haben. Ihre Wangen hängen herab. Wie bei einem Hamster, der vor lauter Vorräten seine Backen zu sehr ausgeleiert hat.

PLÖTZLICH GEHT DIE Lampe an der Decke aus. Entweder hat sich gerade jemand gegen den Lichtschalter gelehnt, oder es gehört zur Ausstellung. Agneta sieht, wie Tildas Blick flackert, er versucht zu erfassen, wie die anderen reagieren.

«Meinst du, das war Absicht?», fragt Agneta laut, und Tilda schaut sie böse an. Der Saal hält den Atem an, als ob sie nicht wüssten, ob sie es Kunst nennen oder dem Personal Bescheid geben sollen. Sie würde am liebsten höhnisch grinsen über diese Ängstlichkeit, die auch in Tilda gesickert zu sein scheint. Es ist doch nur eine Lampe, deswegen muss man sich doch nicht so aufregen. Sie würde ihre Tochter am liebsten schütteln. Als die Lampen wieder angehen, atmet der ganze Raum auf.

Sie kommen zu einer Ausstellung mit Bildern aus dem Norden. Auf einem sieht man die Rücken von Leuten, die so aussehen, als wären sie eine Clique. Agneta muss wieder an Hedda denken. Vor allem an den Abend, als Tilda mit Hedda unterm Arm heimkam, die Wimperntusche übers ganze Gesicht verschmiert. Schleimige Fäden von Kotze im Haar. Agneta hatte gerade einen schwedischen Krimi im Fernsehen angeschaut und Lakritze dazu gegessen, als die Haustür plötzlich zuknallte. Im Korridor schaute Tilda unter ihrem Pony hervor Agneta an, und auch wenn es keine Scham war, war es zumindest so was in der Richtung. Ich konnte nicht so mit ihr zu ihr nach Hause gehen, erklärte Tilda und half Hedda, sich auf die Treppe zu setzen. Agneta ging zu ihr und strich Hedda übers Haar, ging vor ihr in die Hocke und machte ihr die Schuhe auf. Während Tilda mit Hedda zur Toilette wankte, holte Agneta einen Brecheimer und legte eine Tablette Flüssigkeitsersatz in ein Glas. Sie war eine Mutter, zu der man immer gehen konnte. Die keine Szene machte.

Tilda nimmt ihren Arm, und Agneta löst sich von ihrer Erinnerung und kehrt wieder zurück ins Museum. Auf dem Bild, auf das Tilda zeigt, ist jemand zu sehen, der Schnee schippt.

«Schön, oder?»

«Das hätte doch jeder knipsen können», antwortet Agneta und schüttelt den Kopf.

«Jetzt haben es eben die hier gemacht. Übrigens glaube ich, dass die Künstler hier bunt gemischt sind, du hättest also auch ein Bild einschicken können», sagt Tilda lachend, und Agneta wendet sich ab. Selbstverständlich hätte Agneta das auch knipsen können, aber das ist ja gar nicht der Punkt. Der Punkt ist, dass Kunst doch eigentlich ein bisschen mehr sein sollte. Nicht nur ein verschwommenes Bild von einem leeren Parkplatz. Kunst ist immer so weit von ihrem Leben und ihrer Wirklichkeit entfernt gewesen. Es ärgert sie, dass jedes beliebige Foto von ihrem Handy hier in einem schicken Rahmen aufgehängt und dann Kunst genannt werden könnte. Das ist doch keine Kunst, das ist einfach nur das Leben.

AGNETA GEHT WEITER. Tilda hat sie irgendwo unterwegs verloren. Auf einem großen Bildschirm wird ein Film abgespielt, aber sie versteht nicht, was auf der Leinwand passiert. Eine unangenehme Zeichentrickfigur ohne Geschlechtsorgan tanzt nackt. Agneta setzt sich trotzdem kurz hin, weil sie sich ausruhen muss. Das hier ist also auch Kunst? Sie schließt die Augen, während die Musik sich ihr aufdrängt, eine Art moderne Discomusik. Es ist kalt im Raum, und sie zieht ihren Schal fester um sich. Lehnt den Kopf an die Wand hinter sich. Wenn sie ganz still hier sitzt, lässt der Krampf in ihrem Brustkorb nach. Die Musik geht in eine ruhigere über. Durch die Lider sieht sie das Flimmern des Videos.

Vielleicht ist sie eingedöst, denn sie schreckt hoch, als eine Hand sie an der Schulter berührt. Es ist Tilda, die sich über sie beugt und sie mit großen, besorgten Augen anschaut. Agneta zwingt sich zu einem Lächeln.

Es fing an mit der besten Ausstellung, um dann immer schlechter und schlechter zu werden. Als würde man eine schwedische Prinzessinnentorte kaufen und erst das grüne Marzipan essen, dann die ganze Vanillecreme und den Kuchenteig, bis am Ende nur noch die Himbeermarmelade übrig bleibt. Tilda beschließt, dass sie die Treppen an der Bergwand nach Södermalm hochgehen sollen. Und sich dort oben irgendeine günstige Bar suchen. Agneta schaut zu den Treppenstufen. Atmet so tief durch, wie sie nur kann.

AGNETA KANN GERADEZU spüren, wie der Tod oben auf dieser viel zu langen und zu steilen Treppe lauert. Er reibt sich die Hände, als er hört, wie ihre Atemzüge immer schwerer gehen. Und natürlich ist er ein Er, dieser verdammte Scheißtyp. Männer haben ihrem Leben noch nie gutgetan. Erst ihr gänzlich abwesender eigener Vater und dann Tildas Vater und dann Gott, der ihr den Krebs schickte, und jetzt noch der Tod, als Tüpfelchen auf dem i. Sie vermodert von innen, oder umgekehrt, ihr Inneres wächst nach außen. Ihr Keuchen übertönt den Wind, sie muss auf jedem Absatz stehen bleiben und verschnaufen.

«Gleich sind wir oben», sagt Tilda ungefähr zehn Stufen über ihr. Agneta versucht zu lächeln, aber es geht nicht, denn diese Stufen nehmen kein Ende, und ihre Brust verkrampft sich um ihre Atemwege. Die Muskeln drücken von außen, die Tumore von innen. Sie konzentriert sich darauf, Luft zu kriegen, so wenig es auch sein mag, immer noch besser als nichts. Agneta bleibt stehen und blickt wieder hinauf zu Tilda, sie hat ihr Handy in der Hand und verlagert das Gewicht von einem Fuß auf den anderen. Agneta macht noch einen Schritt. Eine Stufe nach der anderen. Der Schmerz in ihrem Körper ist bloß Schmerz, er ist bloß Schwäche, die den Körper verlässt. Als sie zu dem Treppenabsatz kommt, auf dem Tilda vorher gestanden hat, ist er leer, ihr Kind ist schon wieder mehrere Meter weiter oben. Atmen, aber bloß nicht zu tief, sonst bekommt sie wieder ihren Hustenreiz. Sie nimmt ihre Arme zu Hilfe, um die Beine hochzukriegen. Eine Stufe nach der anderen, ein Atemzug nach dem anderen.

«Ein großes Bier», sagt Agneta und hält dem Kellner mit zitternder Hand ihre Karte hin. «Ein großes», wiederholt sie, und Tilda windet sich schräg hinter ihr verlegen. Agneta hat es üben müssen, sich nicht ständig zu entschuldigen. Trotzdem zuckt sie zusammen, als sie merkt, dass Tilda sich für sie geniert.

«Okay», sagt der Barkeeper und beginnt, aus irgendeinem Fass zu zapfen, egal was, als könnte er ihr ansehen, dass sie jetzt genau das hinunterstürzen wird: egal, was. Sein T-Shirt ist schwarz und zu eng. Um seinetwillen hofft sie, dass es bloß seine Arbeitskleidung ist.

Tilda setzt sich an einen Tisch, der gerade so in die Ecke passt. Es sind nicht besonders viele Gäste im Lokal, aber es ist trotzdem schon warm, ihr Bieratem zehrt die frische Luft auf. Tilda nimmt einen Schluck aus einem Flaschenbier, man kann nicht erkennen, welches, denn sie hat das Etikett schon abgepult. Sie sitzen sich an dem hellen Holztisch gegenüber. An den Wänden hängen Schallplattencover. Keine von ihnen sagt etwas. Die Worte sind versiegt. Es entsteht ein Kreis auf dem Holztisch, vom Bier oder vom Kondenswasser, das außen am Glas heruntergelaufen ist.

«Wie lange hast du jetzt noch?», fragt Agneta, und dann erzählt Tilda von der Uni, und Agneta macht «mhm» und «ah ja» und nimmt große Schlucke von ihrem Bier. Schöpft Kraft.

AGNETA WINDET SICH auf ihrem Stuhl. Ihr Hals brennt, und sie verspürt ganz weit unten einen Druck. Wie damals, als sie Tilda in sich trug und es sich manchmal so anfühlte, als wollte ein Fuß durch ihren Mund. Jemand sitzt da unten und kneift ihre Luftröhre mit einer Zange zu. Sie versucht, einen Atemzug zu nehmen, der tiefer ist als der vorherige. Plötzlich geht es nicht mehr weiter, der Atem stockt. Ihre Nervosität steigt wie Ebbe oder Flut, je nachdem, was gerade dran ist.

«Du, ich hab mir was überlegt», sagt Agneta und schluckt mit ihrem Bier einen Klumpen herunter, der trotzdem nicht weggeht. Alles bloß Nervosität.

«Ruf doch das Nobelpreiskomitee an.» Tilda lacht, und Agneta lacht zwangsweise mit.

«Es ist eher … es gibt da etwas, worüber ich mit dir sprechen wollte.» Sie erinnert sich, dass der Sauerstoffgehalt des Blutes sinkt, wenn Panik einsetzt und jede Menge Aufmerksamkeit für sich in Anspruch nimmt.

«Und da geht es nicht um Hedda oder die Frage, was ich eigentlich mit meinem Leben anfangen will oder ob ich nicht doch nach Hause ziehen will, oder Tilda, diese Zitrone ist alt, oder muss Knut wirklich in der Stadt leben?»

Tilda hebt die Arme und holt Luft. Es fällt ihr ganz leicht, ihre Atemzüge sind richtig tief, das sieht Agneta, sie beneidet sie darum. Aber das mit Knut hat sie doch wohl nie gesagt, oder? Obwohl sie es eigentlich gesagt haben sollte. Tilda muss ihr wirklich zuhören, denn sie erträgt es jetzt einfach nicht mehr. Es sieht nicht so aus, als hätte es geholfen, dass Agneta sich für die missratene Beerdigung ihrer Mutter entschuldigt hat. Sie hatte wirklich geglaubt, dass Tilda darauf gewartet hatte. Aber offenbar nicht. Offenbar hat sie noch mehr verpfuscht als das, was man hätte sagen sollen und durch Worte wiedergutmachen kann. Vielleicht alles.

«Ich bin …» Agneta hält mitten im Satz inne. Die Worte waren diesmal wirklich auf dem Weg aus ihrer Kehle. Sie hatten sich bereits im Mund geformt, noch eine Millisekunde, dann wären sie herausgeschlüpft. «… so froh, dass wir dieses Wochenende zusammen hatten.» Tilda lächelt.

«Gott, jetzt dachte ich schon, es wäre was Ernstes. Deine Stimme klang irgendwie so.»

Agneta lacht und nimmt noch einen großen Schluck. Beinah. Wären die Worte aus ihr herausgeschlüpft und in Tilda hinein. Agnetas Lungen fühlen sich an, als wären sie mit Zement gefüllt, der langsam, aber sicher erstarrt.

«ICH HAB EINEN kleinen Schwips», sagt Tilda, als sie aus der Kneipe kommen. Agneta versucht zu lachen, aber sie braucht den Sauerstoff, damit ihre Beine weitergehen können. Die Hausfassaden haben verschiedene schmutzige Farben, wobei die gelbe am schmutzigsten aussieht, denn sie wechselt zwischen verschiedenen Nuancen wie ein schimmliger Käse.

«Knut?», fragt Agneta und deutet mit einem Nicken zur U-Bahn. «Sollten wir nicht mal langsam nach Hause zu ihm?»

«Ich hab doch gesagt, dass meine Nachbarin ihn nimmt, sie wollte zwar noch ins Kino, aber kann vorher noch kurz mit ihm Gassi gehen. Dann können wir uns das Hin und Her sparen.»

«Aha, was ist das für eine Nachbarin?» Agneta hinkt hinterher bei jedem energiegeladenen federnden Schritt, den Tilda macht, und es rasselt in ihrem Kopf, wenn sie Atem holt. Wie bei einem Strohhalm, wenn die Cola fast ausgetrunken ist.

«Tja, die hast du leider nicht getroffen, und ich bezweifle, dass ihr euch kennt.» Tilda lächelt, doch Agneta weiß nicht, ob es ein aufrichtiges Lächeln ist. «Sie wohnt ein Stockwerk unter mir und arbeitet von zu Hause aus, also geht sie mit ihm mittags raus, wenn ich an der Uni bin oder so.» Die Sohlen von Agnetas Schuhen werden langsam, aber sicher abgewetzt von dem ganzen Füßeschleifenlassen. «Ich hab doch gesagt, dass sie den Ersatzschlüssel braucht, den du hattest.»

Agneta hatte gar nicht zugehört, aus welchem Grund Tilda heute Morgen ihren Schlüssel haben wollte, sie hatte an irgendwas anderes gedacht. Wahrscheinlich ans Luftholen. Agneta zuckt mit den Schultern, bleibt stehen und holt eine Zigarette raus, damit sie ein paar weitere Sekunden stehen bleiben kann. Sie steckt sie sich mit zitternden Händen an. Kann den Rauch gar nicht richtig inhalieren, bevor er ihr auch schon den Atem nimmt. Sie wollen nicht mit dem Bus zum Restaurant fahren, denn sie haben ja noch jede Menge Zeit. Sie werden zu Fuß gehen.

DAS RESTAURANT HAT gut fünfzig Tische mit weißen Tischtüchern. Auf allen steht ein Teelicht und eine weiße Rose in einer schmalen Vase. An den Wänden nichts. Die Beleuchtung ist gedämpft. Agneta hat das Gefühl, nicht fein genug für dieses Lokal zu sein, der Schweiß klebt unter ihrer Polyesterbluse. Sie mussten drei verschiedene Weinsorten kosten, bevor Tilda sich für eine entschied. Alle hatten gleich geschmeckt. Ein Glas kostet jeweils so viel wie eine Flasche besserer Wein im Geschäft. Agneta nimmt einen Schluck und lächelt, doch als sie auf Tildas Frage antworten will, muss sie husten. Irgendetwas erlischt in ihrer Brust. Die Kellner in ihren gebügelten Hemden, die alle ein Handtuch über dem Arm hängen haben, werfen schiefe Blicke auf ihren hustenden Körper.

«Geht's?», fragt Tilda und beugt sich über den Tisch. Agneta sieht, dass sie nicht zu erschrocken klingen will, aber ihre Augen sind weit aufgerissen.

«Ich bin bloß müde», bringt Agneta mit schwacher Stimme heraus. Sie legt sich eine Hand auf den Brustkorb und sieht aus dem Augenwinkel, dass sie ganz weiß ist. «Wann das Essen wohl kommt?», kann sie noch hervorbringen, bevor sie wieder loshusten muss, bloß dass sie sich dieses Mal die Serviette auf den Mund presst. Sie entschuldigt sich und steht hastig auf. Ihr Stuhl balanciert einen Sekundenbruchteil auf zwei Beinen, aber fängt sich dann wieder und stellt sich auf seine vier Beine zurück. Agneta hält sich immer noch die Serviette vor den Mund, während sie auf das zusteuert, was sie für die Toiletten hält.

EINE TOCHTER HOLT nicht das Handy aus der Jeanstasche, als ihre Mutter um die Ecke verschwunden ist. Sie sitzt einfach da und schaut vor sich in die Luft. Hebt ihr Weinglas und schwenkt es, sodass der Wein an den Seitenwänden hochläuft. Lässt ihre Blicke über die anderen Gäste schweifen. Streckt sich. Die Kellnerin kommt mit dem Essen, und als die Teller vor ihr stehen, späht sie zu den Toiletten, bevor sie sich ein Stück Kartoffel in den Mund schiebt. Langsam kaut. Dann steht sie auf und geht zu der Tür, hinter der ihre Mutter verschwunden ist.

AGNETA HÄLT SICH am Waschbecken fest. Ihre Hustenanfälle kommen jetzt in immer kürzeren Abständen, und jedes Mal reißt es im Hals. Sie schafft es nicht, Luft zu holen, bevor der nächste kommt, ihr Gesicht wird ganz rot, und sie sieht, wie die Adern an ihrem Hals hervortreten. Wie sie langsam pulsieren, viel zu langsam. Bleibt ihr jetzt das Herz stehen? Kann es nicht mehr?

Sie setzt sich auf die Toilettenschüssel. Die Strumpfhose, durch die man die Hautfarbe nur ahnen kann, ist ihr an den Knien zu weit geworden. Sie vergisst immer, welche von diesen Ziffern ihre Größe ist, und dann muss sie sich mit ein paar Strumpfhosen in eine Umkleidekabine schleichen und ihre Hand unter das Gewebe schieben.

Es klingt, als würde etwas sehr Krankes in ihrem Brustkorb sitzen, und als sie das denkt, wird ihr klar, dass genau das ja auch der Fall ist. Agneta versucht, sich zu erinnern, was der Psychologe über die Panik gesagt hat, aber sie kommt einfach nicht dagegen an. Es ist viel mehr physisch als psychisch, da hilft keine Ruhe. Und dann auch noch Tildas Stimme von der anderen Seite der abgeschlossenen Tür. Sie fragt, was los ist – halb ängstlich, halb gereizt. Agneta will, dass sie wieder geht, bringt jedoch kein Wort heraus. Tilda rüttelt an der Klinke, doch das Schloss hält dagegen, und Agneta holt wieder Luft, was sich so anhört, als würde die Luft versuchen, durch einen Strohhalm zu kommen, in den man hundert Löcher gebohrt hat. Die Luft sickert heraus, entweicht wohin auch immer, aber sie kommt nicht bis zu ihren Lungen. Sie hat es Tilda nicht erzählt, was, wenn sie es ihr am Ende gar nicht mehr erzählen kann? Wird Tilda alleine weiterleben müssen, ohne dass sie den Grund dafür erklärt bekommen hat? Wird sie jetzt sterben? Ein weiterer Hustenanfall schüttelt sie, so heftig, dass ihr die Ohren klingen und kleine Lichtpunkte vor den Augen tanzen. Als er sich wieder legt, fährt sie sich mit der Hand über den Mund, um den mit hoch gekommenen Schleim abzuwischen. Er ist rot verfärbt. Jetzt bluten ihre Lungen. Das ist ihr letzter Gedanke, bevor sie auf den Boden stürzt.

EINE TOCHTER SCHREIT plötzlich laut auf. Das Stimmengewirr im Restaurant hinter ihr verstummt. Ein Kellner kommt mit schnellen Schritten zu ihr. Er rennt nicht. Die Tochter zeigt auf die Tür. Rüttelt an der Klinke und weint gegen das solide Holz. «Mama.» Ein zweiter Kellner kommt mit einem Tafelmesser in der Hand. Er beugt sich vor und versucht, das Schloss aufzukriegen. Die Tochter geht rückwärts, bis sie an den anderen Kellner stößt, der ihr eine Hand auf die Schulter legt.

«Mach auf», sagt sie, obwohl sie zu weit entfernt ist, als dass die Mutter sie hören könnte.

Im Restaurant haben die Gäste ihre Unterhaltungen wieder aufgenommen, aber sie sind jetzt gedämpfter, es wird geflüstert und getratscht. Das Schloss klickt. Der Kellner hält einen Augenblick inne, bevor er vorsichtig die Tür öffnet. Sie knarrt nicht.

«Ruf einen Krankenwagen», sagt er.

EINE TOCHTER SACKT zusammen, wahrscheinlich tut es weh, als sie auf dem Boden aufschlägt. Der Kellner, der die Tür geöffnet hat, geht in die Kabine und rüttelt an der Mutter. Eine Sekunde lang sieht es so aus, als würde die Mutter sich bewegen, aber es ist nur das Schütteln des Kellners, das sich durch ihren Körper fortgepflanzt hat. Die Bluse der Mutter ist hochgerutscht, man kann einen Streifen nackte Haut über ihrer Hose sehen. Hebt sich ihr Brustkorb? Der Kellner geht in die Knie. Hält sein Ohr an ihren Mund. Zuerst versetzt er ihr nur leichte Schläge auf die Wange. Dann immer festere und festere. Die Tochter schließt die Augen. Keiner weiß, wie viel Zeit vergangen ist. Irgendjemand legt der Tochter eine Hand auf die Schulter. Die Tochter schlägt die Augen nicht auf. Sie schlingt die Arme um ihre Knie.

Alles wird wieder gut werden, lügt sich die Tochter vor. Der Kellner hat jetzt angefangen, die Mutter durch den Mund zu beatmen. Die Lampe, unter der die Tochter sitzt, geht aus, so lange hat sie sich nicht mehr bewegt. Man kann nicht sehen, was im Kopf der Tochter vorgeht. Sieht sie vor ihrem inneren Auge nun all das, was ihr vorher entgangen ist?

Dann hört man die Sirenen.

DIE SANITÄTER ÖFFNEN das Oberteil einer Mutter, murmeln sich rasch irgendetwas zu.

«Weißt du, ob sie krank ist?», fragt ein Sanitäter eine Tochter.

«Sie ist heute müde gewesen und hat viel gehustet», antwortet die Tochter in fragendem Ton, während sie gleichzeitig den Kopf schüttelt. Der Mann brummt etwas, und dann heben sie die Mutter auf die Bahre. So ein Menschenkörper müsste eigentlich schwer aussehen, aber sie ist ganz klein. Aus dem Gesicht der Mutter ist jede Farbe gewichen. Beziehungsweise, in diesem Moment spielt sie ins Blaugraue. Die Mutter hustet jetzt nicht mehr. Die Falten auf ihrer Stirn haben sich geglättet, doch am Mund wird die Haut von der Sauerstoffmaske zusammengedrückt. Sie presst Sauerstoff durch die Lippen hinunter zu den Lungen. Die Tochter steht neben dem Krankenwagen. Ein Mann und eine Frau gurten die Mutter auf der Bahre fest. Sie heben sie durch die Hintertüren hinein. An den Wänden hängen Schränke, man hat die Mutter mit einer Wolldecke zugedeckt, und die Tochter bekommt jetzt auch eine Decke um die Schultern. Nachdem sie die Bahre hineingeschoben haben, streckt der Mann den Kopf hinaus. Mit einem Nicken gibt er der Tochter zu verstehen, dass sie einsteigen soll. Sie setzt sich auf den Beifahrersitz. Der Sanitäter sagt irgendwas, woraufhin die Frau den Krankenwagen anlässt und sie wegfahren. Die Tochter schaut geradeaus auf die Straße.

DAS WARTEZIMMER DER Notaufnahme ist fast leer. Eine Tochter sitzt auf einem Sofa mit blauem Kunststoffbezug, der sich leicht abwischen lässt. Ihr Blick bleibt sekundenlang an einem Fernseher hängen, der im Hintergrund läuft. Er hängt an der Wand. Es läuft eine Sitcom mit Gelächter aus der Konserve, damit man weiß, wann etwas Lustiges gesagt wurde. Die Dame am Empfang blättert in irgendwelchen Papieren. Ein Kind schläft in den Armen seiner Mutter. Die Tochter schließt die Augen. Dann greift sie zum Handy und fängt an, darauf herumzuscrollen, schiebt es aber schon bald wieder zurück in die Tasche. Sie fährt sich mit der Zunge über die Lippen. Setzt sich auf ihre Hände, die immer noch zittern. Niemand hat ihr gesagt, was eigentlich los ist.

«REDEN SIE DOCH so, dass man Sie verstehen kann», sagt Agneta, die die Arme über ihrer kranken Brust verschränkt hat. Vor ihren Augen explodiert ein kleines Feuerwerk, und sie muss sich an den Stuhlrücken lehnen, damit sie nicht ins Wanken kommt. Seine Worte wirbeln ihr durch den Kopf, ohne dass sie etwas mit ihnen anfangen könnte. Die müssen sie entlassen, hier hält sie das nicht aus, mit Tilda, in einem Krankenhaus, in dem sie keinen kennt, geschweige denn die Körpertemperatur der Krankenschwestern, und so nie weiß, ob sie sich bei ihren Händen auf Eiswürfel gefasst machen muss. Der Arzt wiederholt dieselben Worte, aber lauter. Dann geht er, ohne sich zu verabschieden, und lässt die Tür hinter sich einen Spaltbreit offen. Pantoffeln und Sportschuhe quietschen da draußen auf dem Linoleumboden. Es piepst und tönt von der Maschine, an der sie festgemacht ist. Die Sauerstoffsättigung ist in Ordnung, sie hofft, dass das ausreicht, um sie gehen zu lassen.

Ein Krankenpfleger kommt herein. Auf dem Namensschild auf seiner Brust steht *Gabriel*, seine blonden Haare sind zerzaust, und seine sackartige Krankenhauskleidung schmeichelt seiner Figur nicht unbedingt.

«Sie werden in ein anderes Zimmer verlegt», sagt er und streckt den Arm aus, an dem sich Agneta widerwillig festhält. Sie steht auf, und ihre Beine tragen sie. Agneta schaut den Flur hoch und runter, aber sie sieht ihr Kind nicht. Kein Empfang, nur ein Flur nach dem anderen.

«Ich will nicht eingeliefert werden», sagt Agneta. Er schüttelt den Kopf, aber nicht doch, bevor er eine Tür aufmacht, die genauso aussieht wie alle anderen.

«Sie können sich setzen», sagt er, und der Boden schwankt ein bisschen, als Agneta seinen Arm loslässt und auf die Liege zugeht. Hier sind weniger Maschinen, aber der silbrige Wagen sieht ganz ähnlich aus. Nadeln, Kompressen und Probenröhrchen sind darauf ordentlich aufgereiht.

Obwohl Gabriel nur ein paar Minuten weg gewesen ist, klopft er vorsichtig an, bevor er die Tür wieder aufmacht. Er hat ein Köfferchen mit jeder Menge Schläuchen in der Hand. Agneta tippt auf Sauerstoff. Besser gesagt, sie tippt nicht darauf. Sie weiß es. Obwohl sie bis dahin eigentlich noch viel Zeit zu haben meinte. Agnetas Gehirn ist ganz breiig und langsam, und die metallene Röhre sieht so kalt aus. Sie atmet ein, aber es schmerzt überall in ihrem Brustkorb, wenn die Luft sich nach unten drückt. Außerdem tut ihr nach ihrem Zusammenbruch die Hüfte weh, und der Rücken. Sie darf gar nicht anfangen, an ihren Rücken zu denken. Er hält ihr einen Plastikschlauch hin, der über immer dickere Schläuche mit der Sauerstoffflasche verbunden ist. Sie beißt die Zähne zusammen und schaut den Pfleger fest an, als könnte sie ihn allein durch ihren Blick dazu bringen, das Zimmer wieder rückwärts zu verlassen. Doch er kommt trotzdem immer näher, setzt den einen sportschuhbekleideten Fuß vor den anderen, ein ums andere Mal. Zum Schluss steht er vor ihr, und Agneta schaut auf den Boden. Sie kann nicht anders, sie fällt immer wieder zurück in ihre Kindheit, muss trotzen und schmollen. Er macht ja nur seine Arbeit. Trotzdem hasst sie ihn.

«Schlechte Sauerstoffsättigung», «Infektion», «der Eiter wurde entfernt» und «Sie werden jetzt erst mal eine Weile an eine Sauerstoffflasche angeschlossen». Das alles erklärt ihr Gabriel noch einmal, denn er weiß ja nicht, dass sie die Ärztesprache versteht. Sie würde am liebsten sagen: Ich weiß das alles eigentlich, es wird mir nur gerade ein bisschen viel.

Aha, denkt Agneta. Mehr geht nicht: Ihr Kopf ist leer.

«Ich muss jetzt weg.»

«Wollen Sie es mal ausprobieren?», fragt er im Versuch, Agnetas Bemerkung zu ignorieren. Er fragt so, als ob sie eine Wahl hätte, und hält ihr den kleinen Schlauch mit den zwei kurzen Fortsätzen hin, die in die Nase kommen. Sie hat auch schon Patienten mit Sauerstoffflasche gehabt. Große sperrige Ungetüme, die neben dem Bett standen. Die konnten nicht mit dem Sauerstoff in einem kleinen Köfferchen herumlaufen, sondern hatten nur noch im Bett gelegen. Ist sie jetzt auch schon so weit? Agneta weiß es eigentlich, und er geht vor ihr in die Hocke. Sie will, dass er sie in Ruhe lässt, sie einfach hier sitzen und diesen blöden Apparat beäugen und die Tatsache verdauen lässt, dass sie ihrem Grab wieder einen großen Schritt näher gekommen ist.

«Die Frau, die mit Ihnen hergekommen ist …?», schlägt Gabriel in fragendem Ton vor, als sie keinerlei Anstalten macht, sich den Schlauch wirklich in die Nase zu stecken. Vor ihren Augen flimmert es immer noch, und sie ist verschleimt, das panische Weinen hat alles in ihr so anschwellen lassen. Das Blut macht die Sache nicht besser, es verklebt ihr wohl zusätzlich die Adern. Agneta nickt.

«Wollen Sie, dass ich sie reinhole?» Er steht auf, als wollte er hinausgehen, um Tilda zu holen.

«Nein.» Agnetas Stimme ist fester, als sie seit Wochen gewesen ist. «Ich will selbst zu ihr gehen.»

Der Pfleger schaut sie an, streckt die Hand aus, als wollte

er sie tröstend berühren, aber vielleicht ist es ihr Blick, der ihn innehalten lässt. Er kann unmöglich älter sein als fünfundzwanzig und spricht so deutlich Stockholmer Dialekt, dass es nicht mehr besser geht.

«Ich kann die Sauerstoffflasche mitnehmen, aber ich muss hier raus», fährt sie fort.

«Ich kann Sie nicht zwingen hierzubleiben», sagt Gabriel. Agneta schiebt sich trotzig den Schlauch in die Nase, es kitzelt ein wenig, aber sie wird sich wahrscheinlich daran gewöhnen. Sie verwendet ihre ganze Energie darauf, eine ausdruckslose Miene aufzusetzen, und schaut hinunter auf ihre runzligen Finger. Bevor das Fett anfing zu verschwinden, hätte sie nie gedacht, dass es dort überhaupt Fett gab.

«Sie weiß nichts hiervon», murmelt Agneta. Eigentlich sagt sie es hauptsächlich zu sich selbst, doch Gabriel hört es natürlich auch. Er schaut sie argwöhnisch an, schweigt jedoch.

«Sie weiß nicht, dass ich krank bin. Sie weiß gar nichts.» Sie schaut Gabriel nicht an, sondern richtet ihren Blick auf die Wand, aus der Schläuche kommen. Doch die braucht sie nicht mehr. Sie hat jetzt ihren eigenen Sauerstoff. Auf dem Fensterbrett steht ein adventlicher Lichterbogen, für den es noch viel zu früh ist, sie müsste die Kerzen eigentlich ausmachen.

«Ihr ist sicher klar, dass irgendetwas sein muss», sagt er und geht wieder in die Hocke, sodass sein Gesicht auf gleicher Höhe mit ihrem ist. Wie man es bei Hunden oder kleinen Kindern macht.

«Vor allem mit diesem Ding hier.» Agneta ruckt leicht an dem Schlauch, der in ihre Nase führt, und seufzt so, dass ihr wieder schwarz vor Augen wird. Trotzig weicht sie seinem Blick aus. Er mit dem Namen des Engels aus der Bibel. Der

Erzengel Gabriel kam mit einer Botschaft des Lebens, und dieser hier mit einer Todesbotschaft. Obwohl – nein, jetzt war sie gerade ungerecht, sie wusste es ja schon.

«Ich muss.» Agneta hört selbst, dass ihre Stimme nach einer übermüdeten Dreijährigen klingt. Sie fängt den Blick des Pflegers auf und will ihm die Augen ausdrücken, sie auf den Linoleumboden werfen und darauf herumtrampeln, bis alles Mitleid rausgelaufen ist.

GABRIEL MACHT DIE Tür zum Flur auf, und Agneta steht auf. Auf der Schwelle schaut er sie mit demselben Blick an wie vorhin, und sie muss sich zusammenreißen, um nicht die Augen zu verdrehen. Seine Schuhe quietschen nicht wie die des anderen Pflegepersonals.

Bevor sie aus dem Zimmer geht, holt Agneta ganz tief Luft. Schaut in beide Richtungen des Flurs. Die Wände sind gelb, in einem Farbton, der wahrscheinlich irgendwas mit Weiß heißt, aber überhaupt nicht Weiß ist, sondern Gelb. Es gibt viele geschlossene Türen, und sie kann irgendwo über sich eine Uhr ticken hören. Sie folgt den Schildern zum Eingang. Ihr Skelett muss mal wieder gründlich geölt werden, damit es nicht so an ihren Nerven scheuert. Sie verliert ihr seelisches Gleichgewicht, als sie Tilda auf dem Sofa sieht. Sie sitzt mit dem Rücken zu ihr, ihre Haare hängen über die Lehne wie ein zotteliger Teppich.

«Tilda?», flüstert Agneta und räuspert sich, denn ihre Stimme trägt kaum. Tilda zuckt zusammen und dreht sich um. Steht auf. Es sieht nicht so aus, als ob sie geweint hätte. Sie macht ein paar schnelle Schritte auf Agneta zu und legt ihr vorsichtig eine Hand auf die Schulter, als hätte sie Angst, dass ihre Mutter kaputtgehen könnte. Ihre Augen, die Angst darin.

«Mama …»

Agneta hört ihr nicht fertig zu, sondern dreht sich um und beginnt, zum Zimmer zurückzugehen. Sie kann es ihr nicht hier draußen erzählen, so vor allen Leuten. Sie will, dass Tilda mit ihr in einem separaten Zimmer sitzt. Sitzt.

«Ich mache keinen Schritt, bevor du mir nicht erzählt hast, was hier los ist.» Tilda zittert, aber trotzdem sind ihre Worte laut und deutlich. Sie treffen Agneta wie eine kalte Welle.

«Komm mit rein», sagt sie und zeigt zum Zimmer. Tilda schüttelt den Kopf.

«Erzähl's mir jetzt sofort», schreit sie, aber immer noch tränenlos. Agneta schließt die Augen und schaut eine Weile auf das Feuerwerk hinter ihren Lidern. Dann zwingt sie sich, die Augen zu öffnen. Tilda hat ihre Schultern so hochgezogen, als würde sie frieren. Agneta wird wütend. Kann dieses Kind nicht einmal auf sie hören und ihren Starrsinn aufgeben? Sie macht die Augen wieder zu. Als sie die Worte sagt, wird es mucksmäuschenstill auf dem Flur.

«Ich habe Krebs. Ich werde sterben.»

EINE MUTTER UND eine Tochter stehen auf einem Flur in einem Krankenhaus. Obwohl Leute an ihnen vorbeigehen und obwohl sie dort zusammen stehen, sehen sie einsam aus. Die gelben Wände scheinen immer näher an sie heranzurücken, je schwerer die Stille auf ihnen lastet. Auf dem Flur fühlt es sich so an, als wären auch die Uhren stehen geblieben. Ein Knopf an der Bluse der Mutter ist aufgegangen. In ihrer Nase steckt ein Schlauch, an dem sie herumfummelt.

«Aber du kannst doch einfach eine Chemo machen und deine Haare verlieren. Oder sie können es rausoperieren. Wann wirst du operiert?» Tildas Stimme ist schrill, sie meidet Agnetas Blick. Ein Kind schreit laut auf dem Arm seines Vaters. Agneta macht die Tür auf und geht vor Tilda in das enge Zimmer. Tilda schlurft ihr hinterher.

«Sie können es nicht rausoperieren», sagt Agneta, und Tilda schaut zu Boden. Agneta setzt sich auf die Liege, die fast die ganze Fläche des Zimmers einnimmt. «Es ist nicht nur ein Tumor, sondern ganz viele kleine.» Sie spricht ganz langsam, als wäre Tilda ein Kind. Sie ist ja auch ein Kind. Ihr Kind. «Auch in den Knochen.»

«Aber es gibt doch so was, was den Krebs auffrisst …?» Tilda verheddert sich an dem Wort. Agneta streckt eine Hand aus und wischt ihrem Kind eine Träne von der Wange. Tildas Augen sind weit aufgerissen. Agneta fixiert dieses Grün, prägt sich die Striche in der Regenbogenhaut ein. Diese klugen Augen. Die eine Mutter sehen, die sterben wird, und die sich weigern zu verstehen, dass sie eine Mutter sehen, die sterben wird. Tilda hat die Schultern bis an die Ohren hochgezogen, als würde sie gleich erfrieren.

«Sie können den Verlauf verlangsamen», sagt Agneta schwer atmend und krümmt sich. Das Papier, das auf der Liege ausgerollt ist, raschelt, als sie sich draufsetzt. Tilda zwängt sich an ihr vorbei. Sie macht die Adventskerzen aus, denn die sollen ja jetzt noch nicht brennen, die darf man erst im Dezember rausholen. Es verändert nichts an der Helligkeit des Raumes. Das Licht der Stadt und der Straßenlaternen strömt herein. Tildas Blick haftet am Herbst da draußen. Die Blätter, die sich von den Zweigen gelöst haben, kleben auf dem nassen Asphalt. Vom Korridor her hört man ein paar Pfleger lachen. Wie können sie es wagen? Tilda geht wieder an Agneta vorbei und macht die Tür zu. Diese Stille. Agneta zieht die Nase hoch. Tilda schaut sie an, überbrückt den einen Meter zwischen ihnen und stößt sich unterwegs das Bein an der Liege. Dann wirft sie sich auf Agneta, und sie sitzen da und halten sich umarmt. Agneta zittert, und das pflanzt sich durch Tilda fort. Agneta steht der Mund offen. Sie versucht, Sauerstoff zu bekommen.

«Ich liebe dich», flüstert Tilda so leise, dass Agneta die Worte so gerade eben noch hören kann. Ein Schnellzug direkt in den Bauch. Agneta schluchzt, aber es kommt ihr kein Laut von den Lippen.

«Ich liebe dich», flüstert sie schließlich und rückt den Schlauch in ihrer Nase zurecht. Aber natürlich hat sie diese Worte früher schon mal gesagt. Oder? Auch dann noch, als Tilda alt genug war, um zu verstehen, was man ihr sagte?

IHR KÖRPER ZWINGT Agneta, die Umarmung abzubrechen, der Schmerz wurde unerträglich. Sie bleiben schweigend nebeneinander sitzen. Tilda atmet schnell, aber sie weint nicht. Die Wanduhr tickt laut. Es scheint, als würden die Zeiger hinterherhinken, aber vielleicht liegt es auch nur daran, dass Agneta gleich wegdämmern wird. Sie umklammert die Hand ihrer Tochter, als hätte sie Angst, dass sie sich von ihr losreißen könnte.

«Wie kommt es, dass sie das alles erst jetzt rausgefunden haben?» Tildas Stimme ist schwach. Agneta hört die Worte kaum. Sie trampeln in ihr herum wie mit groben Stiefeln. Tilda hält ihren Blick fest. *Sie haben es nicht erst jetzt rausgefunden.* Agneta hat die Worte im Kopf gedacht, aber sie kamen ihr nicht über die Lippen. Sie will den Körper ihres Kindes noch an ihrem spüren, die Nähe in sich aufsaugen. Tilda ist wie erstarrt, wie versteinert. *Sie haben es nicht erst jetzt rausgefunden.* Agneta versucht, die Worte zu sagen, aber auch diesmal kommt nur Schweigen. *Sie haben es nicht erst jetzt rausgefunden.*

«Mama?», flüstert Tilda wieder, und Agneta drückt ihre Hand fester. Drückt mit letzter Kraft. Jetzt muss Agneta flüstern.

«Sie haben es nicht erst jetzt rausgefunden.»

TILDA WIRD GANZ steif neben ihr, und Agneta macht die Augen zu. Drückt fester zu, als Tilda versucht, sich aus ihrem Griff zu winden. Agneta traut sich nicht, sie loszulassen. Vielleicht wird sie sie nie wieder im Arm halten können.

«Du bist mehrere Tage hier gewesen, ohne einen Ton zu sagen. Wie lange weißt du es schon?» Tilda flüstert jetzt nicht mehr, und ihr Brustkorb hebt und senkt sich, der Puls geht schnell dort drinnen.

«Seit sechs Wochen», sagt Agneta. Tilda befreit sich mit einem kräftigen Ruck, und Agnetas Arme können sie nicht mehr halten. Tilda weicht zurück, bis sie gegen die Tür stößt, die sie vorhin zugemacht hat. Sie drückt den Rücken an die glatte Fläche. Agneta schaut auf den Boden. Das Schweigen zwischen ihnen dehnt sich aus. Wird zu einer langen Hängebrücke, in der Bretter fehlen.

«Ich wollte dich nicht zwingen, mich zu lieben», sagt Agneta, immer noch flüsternd.

Tilda reißt die Tür auf und rennt hinaus. Agneta kann nicht mal aufstehen, bevor die Tür wieder zufällt. Sie geht ihrer Tochter stolpernd hinterher, ihre Beine sind schwerfällig und wollen ihr nicht gehorchen. Im Wartezimmer ist es leer, und durchs Fenster sieht sie Tildas blondes Haar wie einen Glorienschein um ihren Kopf schweben. Agnetas Engel. Sie stemmt sich gegen die schwere Tür, und die kalte Luft schnürt ihr jäh die Luftröhre zusammen. Der Husten zwingt sie, sich zu bücken und mit den Händen auf den Knien abzustützen. Ihre Rufe nach der Tochter werden undeutlich und schweben mit dem Wind davon.

EINE TOCHTER RENNT. Hält den Blick fest auf den Boden gerichtet, friert nicht, obwohl sie keine Jacke anhat. Sie stolpert an einer abschüssigen Stelle und schrammt sich die linke Hand auf dem Asphalt auf. Bleibt im Schein einer Straßenlaterne sitzen. Ein Paar kommt den Hügel hochgeschlendert. Beide haben ordentliche Jacken und gut gepflegte, wasserdichte Lederschuhe an. Sie halten sich fest an den Händen und schauen die Tochter schief an, als sie an ihr vorübergehen, doch sie sagen nichts.

Ohne aufzustehen, holt die Tochter ihr Handy heraus. Tippt mit zitternden Händen eine Nummer ein. Das Freizeichen tönt ihr ins Ohr.

«Warum hast du nichts gesagt?», schreit die Tochter, als die Person am anderen Ende abgenommen und Hallo gesagt hat. Es ist die beste, nein, die einzige Freundin ihrer Mutter.

«Es war nicht an mir, dir das zu erzählen», sagt die einzige Freundin. «Es tut mir so schrecklich leid», fährt sie fort.

Die Tochter legt auf.

DIE EMPFANGSDAME – ODER was auch immer sie ist – sitzt hinter einer Fensterscheibe, die sich per Knopfdruck beiseiteschieben lässt und wahrscheinlich aus irgendeinem verdammten Grund aus schusssicherem Glas ist. Agneta bittet sie, ihr ein Taxi zu rufen.

«Ich würde gerne zuerst mit dem Arzt sprechen», sagt die Empfangsdame und fummelt mit dem Stift herum, den sie in der Hand hat.

«Rufen Sie an», erwidert Agneta nur, und die Empfangsdame nickt und streckt die Hand nach dem Telefon aus.

Agneta tippt weiter Tildas Nummer auf dem Handy ein, das ihr ein Mann geliehen hat, der gerade mit Herzrhythmusstörungen gekommen ist, aber es ist wohl nicht so schlimm. Er erzählte ihr von seinen Beschwerden, ohne dass sie danach gefragt hatte. Ihr eigenes Handy steckt immer noch in ihrer Jacke, die im Restaurant liegen geblieben ist. Die Signale gehen durch, aber es kommt keine Antwort. Diese Angst. Dass Tilda niemals wieder antwortet.

«Das Taxi kommt in zehn Minuten», sagt die Empfangsdame. Sie trägt ihr dickes, braunes Haar in einem Pferdeschwanz. Ihre Augen sind weiter geöffnet als sonst, sodass sich ihre Stirn runzelt, vielleicht versucht sie, mitleidig dreinzuschauen.

Agneta fährt sich mit der Hand durch ihre Frisur, die im Vergleich zu dieser Mähne jämmerlich ist. Der Schlauch

– oder vielleicht auch die Luft? – kitzelt sie beim Einatmen in der Nase. In ihrem Gehirn rauscht es, man kann die Gedanken nur undeutlich hören in dieser ganzen Kakofonie da drinnen. Wahrscheinlich sind es Gedanken über ihr Kind ihr Kind ihr Kind, ein einziges Gedankenkarussell. Wo ist Tilda jetzt, wohin will sie denn? Was denkt sie gerade, was geht in ihr vor? Agneta geht es schlecht, ihr Magen schnürt sich in sich selbst zusammen zu einem Seemannsknoten. Sie setzt sich auf das rutschige Sofa und trommelt mit den Fingern auf ihrem Oberschenkel herum.

EINE TOCHTER RENNT durch einen Tunnel. Ihre Atemzüge und ihre Schritte hallen von den Tunnelwänden wider. Sie legt sich ins Zeug, rennt schneller. Wedelt mit den Händen, als würde sie versuchen, irgendetwas loszuwerden, was dranklebt. «Feige Memme», schluchzt sie. «Feige Memme, feige Memme, feige Memme, feige Memme», immer und immer wieder, bis die Worte ihre Bedeutung verlieren. Sie schreit ein letztes Mal, so laut sie kann, bevor die Schluchzer die Oberhand gewinnen. Sie bleibt stehen, beugt sich vornüber und übergibt sich.

DER TAXIFAHRER MACHT Agneta die Beifahrertür auf und fragt, ob er ihr irgendwie behilflich sein kann. Sie lässt ihn das Köfferchen mit den Schläuchen nehmen und neben ihre Füße auf den Boden stellen. Er fragt, ob sie nicht ihre Jacke vergessen hat, und sie schüttelt den Kopf. Sein Schnurrbart ist zu lang.

Der Fahrer redet munter drauflos, als ob er es irgendwie aufwiegen müsste, dass er eine Frau aus der Notaufnahme abgeholt hat, die aussieht wie ein Skelett. Die auch noch Sauerstoff dabeihat. Sie muss wieder an Tilda denken – oder hat sie vielleicht nie aufgehört, an sie zu denken? Er lässt sein Auto an und fährt aus dem kleinen Rondell vorm Eingang heraus. Das Auto ist viel leiser, als sie erwartet hat. Sie wünschte, der Motor würde die Geräusche in ihrem Inneren übertönen.

Die Straßenlaternen und die Scheinwerfer der anderen Autos tun Agneta in den Augen weh, deswegen macht sie sie zu. Die Müdigkeit überrollt sie sofort und drückt sie tief in den Sitz. Ihre Lungen rasseln nicht mehr, weil die Flüssigkeit darin entfernt wurde. Mit dem Schlauch in der Nase atmet es sich auch leichter. Es kränkt sie, sich das eingestehen zu müssen.

«Dürfte ich mir bitte kurz Ihr Handy leihen?»

EINE TOCHTER ZIEHT die Tür zu einem Restaurant auf. Geht auf die Garderobenhaken zu.

«Entschuldigen Sie», sagt der Kellner. Die Tochter hebt den Kopf, und als er ihrem Blick begegnet, weicht er sofort zurück.

«Die Jacken von mir und meiner Mutter», sagt die Tochter, dreht sich um und geht mit den Jacken in der Hand hinaus. Sie stellt sich auf den nassen Asphalt. Fröstelt und zieht sich den Mantel über. Eine unbekannte Nummer hat sie jetzt schon dreizehn Mal angerufen. Sie nimmt an, dass es ihre Mutter ist, kann sich aber nicht sicher sein, weil sie nie rangegangen ist. Die Tochter begibt sich auf den Weg zur U-Bahn. Reibt sich mit den Händen unter den Augen entlang und verteilt das verlaufene Make-up nur noch mehr. Ihr Handy klingelt erneut, aber sie lässt es einfach nur vibrieren.

AGNETA HÖRT KNUT hinter der Tür winseln, als sie an die Klinke fasst, aber es ist abgeschlossen. Sie klingelt, erwartet aber im Grunde nicht, dass Tilda schon da ist. Knut war zu lange allein in der Wohnung, sie sollten ja eigentlich gegen neun zu Hause sein. Jetzt ist es mitten in der Nacht, und er klingt jämmerlich, aber immerhin bellt er nicht. Der Ersatzschlüssel liegt bei der Nachbarin ein Stockwerk tiefer, aber so spät kann Agneta ja wohl nicht mehr anklopfen. Alles hat seine Grenzen. Die Wand ist kalt und hat einen leichten Apricot-Ton. Es ist ihr vorher nie aufgefallen, erst als sie sich jetzt mit dem Gesicht dranlehnt. Sie presst sich die Tasche mit dem Sauerstoffgerät gegen den Bauch. Durch das Treppensteigen hat sie jetzt wieder schwarze Punkte vor den Augen, also drückt sie die Augen noch fester zu. Tilda muss ja irgendwann mal heimkommen. Ihrem Blick begegnen. Und irgendetwas sagen.

EINE TOCHTER STEIGT aus einem Bett. Der Junge, der Mann genannt werden will, bleibt liegen. Sperma rinnt an der Oberschenkelinnenseite der Tochter herab. Sie zieht Slip und Hose an, ohne es abzuwischen. Dreht sich um und betrachtet ihn. Er atmet leicht, wobei er jedes Mal beim Ausatmen kleine Schnaufer von sich gibt.

Sie setzt sich auf die kalte weiße Klobrille, die sich gelockert hat. Es vergehen mehrere Minuten, bis sie sich genug entspannen kann, um zu pinkeln. Dabei wirkt sie, als würde sie an überhaupt nichts denken. Ihre Augen schauen ausdruckslos auf die Wand vor sich, ihr Mund steht leicht offen.

Sie zieht ihre Schuhe an. Greift in ihre Jackentasche, holt den Wohnungsschlüssel heraus und schließt die Hand fest darum.

DIE HAUSTÜR FÄLLT zwei Stockwerke tiefer geräuschvoll ins Schloss, und Agneta zittern die Beine, als sie sich hochstemmt. Auf der linken Wange hat sie einen Abdruck vom Türrahmen, an den sie sich gelehnt hat. Hat sie geschlafen? Die Deckenlampe geht an, und die Füße, die die Treppe hochkommen, machen ein schlurfendes Geräusch, das sie nur zu gut kennt. Sie zieht das Köfferchen näher zu sich heran, sucht Trost am kalten Metall. Ihr Herz schlägt wütend, sie zwingt die Luft aus ihren Lungen, um Raum für neue zu schaffen. Nicht, dass sie es körperlich gerade so besonders schwer hätte. Aber psychisch. Nach ein paar Sekunden sieht sie Tildas Haare. Die Augen starr auf die gefliesten Treppenstufen gerichtet. Tilda schaut Agneta immer noch nicht an, als sie den Schlüssel ins Schloss schiebt, und Agneta stolpert hinter ihr in die Wohnung. Jede weitere Sekunde, in der Tilda ihren Blick auf anderes richtet, nur nicht auf sie, trifft Agneta wie ein Schlag ins Zwerchfell. Knut kommt mit zurückgelegten Ohren angetapst, aber er wedelt heftig mit dem Schwanz. Tilda greift nur nach der Leine, die an einem Haken neben der Tür hängt. Dann knallt sie die Tür hinter sich und dem Hund zu. Agneta setzt sich auf den Boden, wo Tilda gestern gesessen hat. War das erst so kurz her? Es kommt ihr vor wie ein ganzes Leben. Sie sieht einen Pipifleck und rafft sich mühsam auf. Der Schlauch verfängt sich unter ihrem Arm, und es zieht in der Nase. Sie rückt das Köfferchen an ihrer Hüfte zurecht. Küchenpapier und Duftspray. Sie reibt länger auf dem Fleck herum, als notwendig gewesen wäre. Das Köfferchen schlägt ihr gegen den Ellenbogen, als sie den Arm ausstreckt. Sie überlegt, ob ihre Tochter vorhat zurückzukommen. Es ist mucksmäuschenstill in der Wohnung, Tilda hat nicht einmal eine tickende Wanduhr. Man hört, wie etwas durch die Leitungen gespült wird, irgendein Nachbar musste wohl nachts pinkeln. Agneta sucht in ihrer Jackentasche. Spürt das Gesuchte mit den Fingern. Sie tastet auf der Zigarettenschachtel herum. Es war so ausgemacht, dass sie das Rauchen aufgeben würde, sobald sie an die Sauerstoffflasche angeschlossen wurde. Das Versprechen hatte sie sich selbst gegeben, denn da war es ja noch eine ganze Zeit hin. Und jetzt steht sie hier. Schlurft in die Küche und macht die Tür unter der Spüle auf, bevor sie die Zigaretten mit dem Zeigefinger zerdrückt und ganz unten in der Mülltüte versenkt. Sie hat Leichengeschmack im Mund. Wahrscheinlich vom Blut, aber vielleicht auch, weil sie dem Tod schon so nahe gewesen war, dass sie die Hölle schmecken konnte. Definitiv die Hölle, da gibt es gar keine Frage mehr.

EINE TOCHTER UND ein Hund mit kurzen Beinen gehen eine Runde um den Block. Die Tochter hat einen schlurfenden Gang. Bleibt an der Haustür stehen. An der Glasscheibe klebt ein verwelktes Birkenblatt. Sie gibt den Türcode ein. Bleibt eine Weile bei offener Tür stehen und schließt sie dann wieder. Der Hund schaut verwirrt zu ihr hoch. Die Tochter ruckt an der Leine und geht zurück auf den Gehweg, sie drehen noch eine weitere Runde.

ALS TILDA DIE Wohnungstür aufmacht, schleicht sich Knut an Agnetas Beinen vorbei. Sie stellt sich aufrecht vor Tilda hin. Blockiert den Eingang. Sie ist zwar klein, aber ihr Blick macht sie groß. Tilda schließt die Tür hinter sich, während Agneta vorsichtig die Arme um sie legt. Tildas Arme hängen schlaff an der Seite herunter. Agneta drückt sich an sie und schiebt ihren Kopf zwischen Tildas Schulter und ihr Ohr. Lässt ihr Kinn auf dem Schultergelenk ruhen. Sie sind gleich groß, wenn Tilda Straßenschuhe anhat.

«Mu biigá», sagt sie in das blonde Haar hinein. Und streicht ihr mit der Hand über den Rücken, als wollte sie sagen: Alles wird gut. Obwohl alles im Eimer ist.

OHNE SICH AUSZUZIEHEN oder die Zähne zu putzen, zieht Tilda den Überwurf weg und legt sich aufs Bett. Agneta bleibt eine Weile daneben stehen, bevor sie sich vorsichtig dazulegt. Sie hält die Luft an, als sie Tilda in die Arme nimmt. Gott sei Dank protestiert ihr Kind nicht. Zitternd atmet sie ein und aus. Keine von beiden schläft ein, aber sie liegen im gleichen Bett. Und umarmen sich, denn ja, Tilda hat die Umarmung erwidert. Hinter Agnetas Lidern brennt und pocht es. Der Schlauch ist unbequem und zieht an ihrer Nase. Tilda ist auch noch wach und stößt einen Seufzer aus. Agneta macht den Mund auf, um ihrer Tochter etwas ins Ohr zu flüstern, doch ihre Zunge weigert sich hartnäckig, sich zu bewegen, und sie bekommt auch keine Luft aus den Lungen hoch, die die Stimmbänder in Vibration versetzen könnte. Sie hat einen trockenen Hals vom Sauerstoff, der ihr in die Lungen gedrückt wird, aber sie wagt nicht, sich zu rühren. Zu groß ist ihre Angst, Tilda könnte dann auf einmal merken, dass es durchaus möglich ist, sich zu bewegen. Aufzustehen, zu gehen und sich niemals mehr umzudrehen. Sie hält ein Handgelenk von Tilda umschlossen, damit sie nicht gehen kann. Der Kopf ihres Kindes scheuert an Agnetas magerer Schulter. Plötzlich tropft eine Träne von Tilda auf Agnetas Arm. Sie streichelt sie weg. Tilda dreht sich um, vergräbt ihre Nase in Agnetas Achselhöhle. Sogar die ist knochig. Sie drückt Tilda fest an sich und tätschelt ihr den Rücken. Noch immer kann Agneta keinen klaren Gedanken fassen, doch mit jeder Berührung lässt der Lärm in ihrem Kopf um ein paar Dezibel nach. Es ist wie in jenen Nächten, als Tilda noch ein Baby war und nicht schlafen konnte. Jedes Mal, wenn Agneta aufhörte, sie zu streicheln, gingen ihre Augen wieder auf. Agneta steigt langsam die Milchsäure in den Arm, doch sie macht trotzdem weiter.

Montag

AGNETA SITZT AUF der Toilettenschüssel, nur mit einem dunkelblauen Handtuch bekleidet. Aus ihren Haaren tropft das Wasser und läuft ihr über die Schultern. Ihre Beine zittern, aber nicht mehr vor Sauerstoffmangel. Sie würde sich zu gerne das Nasenzaumzeug rausreißen und dann runtergehen und eine rauchen. Sie hasst sich selbst dafür, dass das ihr vorherrschender Gedanke ist. Tilda werkelt in der Küche herum. Sie hört Wasser laufen. Ihre Hände zittern, denn eigentlich sollte sie jetzt noch nicht aufhören müssen. So war es eigentlich nicht gedacht gewesen. Sie sollte sich mit Tod vollsaugen dürfen, damit ihr Puls sich beruhigt und damit es nach Zuhause schmeckt. Aber wenn man einmal einen Beschluss gefasst hat, dann muss man sich auch daran halten. Sie atmet bedächtig, und ihre Gedanken flattern langsamer. Sie muss zu Hause ausmisten, damit es nicht an Tilda hängen bleibt. Glücklicherweise sind die Sauerstoffflaschen ja so unkompliziert, hatte Gabriel mit dem Engelsnamen gesagt. Gestern hätte sie ihm am liebsten eine Rippe nach der anderen gebrochen, aber es ist zu spät, er liegt wahrscheinlich gerade mit ineinander verflochtenen Gliedmaßen mit einem Freund im Bett, der Sebastian heißt und einen Ohrring hat. Sie versucht, sich ins Gedächtnis zu rufen, dass Liebe etwas Schönes ist. Vor allem, wenn sie die Miete bezahlt, sodass mehr Erbe für Tilda übrig bleibt, und wenn sie es einem erspart, einsam zu sterben. Doch dann denkt sie sich, dass Jörgen doch nichts besser macht, er ist eben nicht

Tilda. Und im Übrigen sterben alle einsam. Aber egal. Er kann das Fenster aufmachen, wenn sie in einer Nacht einmal zu tief einschläft. Sie stützt ihre Ellenbogen auf die Knie und vergräbt das Gesicht in den Handflächen. Sie weint, so leise sie kann. Und stellt die Dusche wieder an, als sie sich gar nicht mehr beherrschen kann.

«MANN, MAMA, DU musst doch die Dusche auswischen», sagt eine Tochter und hält ihrer Mutter den Abzieher hin. Sie zeigt auf die Dusche. Die erhobene Hand zittert. Ihr linker Strumpf ist nass. Die Mutter schlägt die Augen nieder. Die Schultern der Tochter sacken herab.

«Ich mag nie wieder in ein Badezimmer gehen müssen, in dem du den Boden nicht sauber ausgewischt hast», flüstert die Tochter, doch die Mutter hört sie nicht. Sie hat sich umgedreht und wühlt jetzt nackt in ihrem Koffer nach irgendwelchen Anziehsachen. Ihren Venenport versteckt sie nicht mehr.

IM RADIO LACHEN sie über etwas bestimmt richtig Lustiges, das Agneta nicht mitbekommen hat. Sie fährt mit den Fingern über den Apfel, den Tilda ihr hingelegt hat. Tröstet ihn anstelle ihrer Tochter. Agnetas Koffer steht fertig gepackt an der Wohnungstür. Tilda schaut zwischen ihm und Agneta hin und her.

«Dein Zug geht in einer Stunde», sagt sie. Harte Worte und Winteraugen. Agneta sieht es, aber kann nichts machen.

«Ich muss fahren, denn ich habe noch Behandlungen, aber ich ...», beginnt sie.

«Du kannst dir das Stück Pizza ja als Mittagessen einpacken», fällt Tilda ihr ins Wort, macht einen Schrank auf und holt einen alten Eisbehälter heraus. Himbeersorbet. Wirft ihn auf die Bank hinunter. Sie faltet die Pizza zusammen, sodass der Pizzaboden einreißt und Tomatensoße heruntertropft.

TILDA SETZT SICH in der U-Bahn Agneta gegenüber. Agneta sucht Tildas Blick im aufblitzenden Schwarz ihrer Augen. Jetzt hat sie es erzählt. Aber dadurch ist nichts besser geworden. Es fühlt sich so an, als würde Tilda am anderen Ende eines langen Tunnels stehen, doch je schneller Agneta rennt, umso weiter weg rückt ihre Tochter. Als die Wagen zum Stehen kommen und die Türen aufgehen, sagt eine Stimme: «Denken Sie an den Abstand zwischen Wagen und Bahnsteig!» Sie schaut auf Tildas Knie, die ihre fast berühren. *Denken Sie an den Abstand.* Als hätte sie jemals an etwas anderes gedacht.

SIE DURCHQUEREN DEN langen, grauen, hallenden Tunnel zwischen U-Bahn und Fernbahnhof. Agneta will Tilda am Arm packen, damit sie ihre Geschwindigkeit drosselt, neben ihr geht und zu ihr gehört. Agneta weiß, dass sie sich vielleicht nicht mehr wiedersehen werden, aber sie weiß nicht, ob das Tilda auch klar ist. Es ist ja auch unbegreiflich. Sie schaut sich ihre Tochter ganz genau an. Versucht, sich jede noch so kleine Regung ihres Körpers einzuprägen. Sie will, dass Tilda sich zu ihr in den Zug setzt. Und für die restlichen Monate, egal wie viele oder wenige es nun werden, nie mehr als eine Armlänge Abstand zu ihr hat. Tilda hat sich in ihren neuen beigefarbenen Mantel gewickelt. Die Arme hält sie um sich selbst geschlungen.

Agneta umarmt Tilda auf dem Bahnsteig lange. Drückt den widerstrebenden Körper ihrer Tochter an sich. Der Zug quietscht fürchterlich, als er bremst. Agneta reißt sich los. Es drückt in ihrer Brust, als sie das tut. Kein Sauerstoffmangel mehr, aber vielleicht ist dort etwas gerissen, und das Blut wird nun direkt in die Brusthöhle gepumpt. Aber nein, es ist einfach nur ihre Todesangst.

«Fahr vorsichtig», sagt Tilda, und Agneta fängt ihren Blick auf. Tilda schluckt dreimal, Agneta zählt mit. Ihre gar so grünen Augen schauen fest in ihre, auf einmal geht es doch, dass sie sich direkt ansehen. Agneta kann nur nicken. Sie muss mit der Hand nachhelfen, damit sie sich in den Zug hieven kann. Sie findet den richtigen Platz und setzt sich hin. Schaut aus dem Fenster und will Tilda zuwinken, doch die steht nicht mehr da. Tilda ist nur noch ein Rücken, der eine Treppe hinuntergeht, und Agneta lehnt ihre Wange an die kalte Fensterscheibe. Sie blutet innerlich, gleich wird sie ersticken.

JÖRGEN FRAGT NICHT: Wie geht's dir, wie ist es gelaufen, wie geht es Tilda oder wie ist es dir ergangen. Er nimmt ihr einfach nur den Koffer ab und sagt, «schön, dass der Zug pünktlich war», und das war es ja auch. Agneta hat sich auf der ganzen Strecke nichts angehört. Einfach nur die vorüberziehende Landschaft angeschaut, die sich auf dem Weg nach Hause langsam veränderte.

«Ach so, war es jetzt doch schon so weit?», fragt er und deutet mit einem Nicken auf das Köfferchen mit dem Sauerstoffgerät, das an Agnetas Hüfte hängt.

«Ja, das war es.»

Er streicht ihr über die Wange. Versucht, ihren Blick aufzufangen, vielleicht irgendwelche Anhaltspunkte in ihren Augen zu erkennen. Sie weiß, dass er nicht weiter fragen wird, wenn sie nicht darauf drängt, es ihm zu erzählen, und normalerweise beruhigt sie das – man kann sich darauf verlassen, dass er nie irgendwo reinpoltern wird, wo es nicht erwünscht ist. Aber sie will es jetzt, dass er sie aufreißt und sie zwingt, alles zu entblößen, was in ihr zittert. Und gleichzeitig will sie es auch wieder nicht. Schweigend sitzen sie im Auto. Sie weiß, dass er sie gestreichelt hätte, wenn sie ihm alles erzählt hätte, aber sie bringt es einfach nicht fertig, den Anfang zu machen. Stattdessen stellt sie das Radio lauter. In der Stadt werden sie nie fertig mit dem Bauen. Sie begreift nicht, warum, wenn die Leute doch nur von hier wegziehen.

EINE TOCHTER HOLT das Band, das sie von ihrer Mutter bekommen hat, das Webstück und die Wolle. Zieht das ab, was sie bereits gewebt hat. Wirft es von sich und beginnt, ein neues Muster zu legen. Zählt die Fäden im fertigen Stiefelband, das einmal ihrer Großmutter gehört hat. Die Tochter fädelt rote und gelbe und weiße Wolle in die kleinen Nadelöhre des Weberschiffchens. Nach ein paar Minuten wirft sie auch das wieder hin. Sie streckt die Hand nach der schwarzen Dose aus und nimmt sich etwas Handcreme. Cremt sich die Finger gründlich ein. Zitronengeruch verbreitet sich in der Wohnung. Prompt steht sie auf und geht sich die Hände waschen. Setzt sich wieder aufs Sofa. Drückt einen Hund mit kurzen Beinen an sich. Er winselt, als sie ihn zu fest an sich presst.

Dienstag

ES IST IMMER dieselbe Prozedur. Als Agneta in den Speisesaal kommt, sitzt ihr Vater auf einem Stuhl vor einem Glas rotem Saft, das er nicht angerührt hat. Er hat eines seiner drei Flanellhemden an und ist schlecht rasiert, denn sie haben hier nicht so viel Zeit, um es ordentlich zu machen. Hier ist alles wie immer, und sie lehnt ihren Kopf an seine Schulter. Bald wird sie selbst auf einem Stuhl im Krankenhaus sitzen und sich übergeben. Sie hofft, dass Marie heute Dienst hat. Er riecht stark nach väterlichem Schweiß, und er fährt ihr automatisch mit seiner knotigen Hand übers Haar, ohne dass sie etwas gesagt hat. Eine so intuitive, gewohnte Berührung. Wie immer sagt er nichts, er summt nur Laute, keine Worte, und Agneta weint nicht.

«Ich hab es ihr jetzt erzählt», murmelt Agneta in die Brust ihres Vaters. Worüber wird der Psychologe jetzt wohl mit ihr reden wollen, nachdem sie es Tilda endlich erzählt hat? Vielleicht müssen sie am Ende doch noch das Thema Tod berühren.

EINE STUDIENKAMERADIN LACHT laut, bevor sie die Orangenschale in eine Papierserviette wickelt. Mehrere Köpfe drehen sich zu ihnen um. Eine Tochter ist bleich im Tageslicht, leckt sich über die trockenen Lippen. Nachdem die fünfminütige Pause verstrichen ist, blättert die Studienkameradin weiter im Buch, das sie in diesem Seminar benutzen. Ihre roten Nägel kratzen auf den Seiten. Die Studienfreundin fragt sie etwas und zeigt mit einem Finger auf eine Stelle im Buch. Die Tochter zuckt mit den Schultern. Sie schaut ihre Kommilitonin böse an, die nicht zu bemerken scheint, dass etwas passiert sein muss.

AGNETA NIMMT JÖRGENS Elektrorasierer aus dem Schrank und betrachtet ihn skeptisch. Ihr ist immer noch schlecht, aber immerhin hat sie sich nicht so viel übergeben müssen, dass ihr die Gedärme aus dem Mund herauskamen. Immerhin etwas. Sie schaltet den Apparat ein und lauscht dem Geräusch, das er macht, das schwache Surren. Vier Millimeter lang sollen die Haare sein. Nachdem Tilda es jetzt weiß, kann sie sich genauso gut gleich alles abrasieren. Damit nicht immer überall im Haus Büschel herumliegen. Sie atmet aus, so tief sie kann. Bessere Sauerstoffsättigung, aber nicht so wie vorher. Nie mehr so wie vorher. Eins nach dem anderen, und den Tod als Allerletztes. Sie setzt den Apparat an ihrem Scheitel an, macht die Augen zu und zieht ihn sich mitten über ihren Kopf.

Meine Mutter wird sterben.

Schwarze Worte auf dem Display. Dann werden sie weiß auf blauem Hintergrund, nachdem eine Tochter auf Senden gegangen ist. Das Handy vibriert in der Hand der Tochter. Klingelt. Ein Bild von ihr und ihrer besten Freundin mit zu viel Eyeliner. Die Stimme ihrer besten Freundin zittert. Wie das eine Mal, nachdem sie sie beim ersten Blitzeis in den Straßengraben gefahren hatte.

«Hej Schätzchen», sagt ihre Freundin, und es klingt vertraut aus ihrem Mund. Tränen beginnen über die Wangen der Tochter zu rinnen. Ihre Freundin redet am anderen Ende der Leitung. Worte wie «stimmt das wirklich» und «oh Gott» und «was passiert jetzt».

«Sie wird sterben, sie hat Krebs, vor allem in der Lunge, aber auch in den Knochen, und sie tun nichts, sie lassen sie einfach sterben, sie wird sterben», sagt die Tochter und holt Luft. Es sieht so aus, als würde sie gleich das Handy fallen lassen. Am anderen Ende der Leitung schreit das Baby ihrer Freundin im Hintergrund. Ihre Freundin macht eine Tür zu, und dann ist das Geschrei nur noch gedämpft zu hören. Sie weint jetzt auch.

«Sie hat es mir erzählt und ist dann gefahren. Sie hat mich allein gelassen, sie lässt mich immer allein», stößt die Tochter hervor. Sie setzt sich aufs Sofa.

«Kommst du nach Hause?», flüstert ihre Freundin.

«ICH WERDE IMMER für sie da sein. Ich weiß, dass du dasselbe für Viktor getan hättest», sagt Anneli. Ihre Stimme zittert leicht. Sie sitzen an Agnetas Küchentisch. Anneli hat nur genickt, als sie den rasierten Kopf gesehen hat, und nichts weiter dazu gesagt.

«Viktor hat einen Vater», antwortet Agneta kurz.

«Ich liebe Tilda, als ob sie meine Tochter wäre.» Anneli sieht mitleidig aus, eine Miene, die ihr überhaupt nicht steht. Agneta würde am liebsten die Hand ausstrecken und Annelis Gesicht zerknüllen.

«Sie ist aber meine Tochter.» Agneta beißt die Zähne so fest zusammen, dass es in ihrem Kopf knirscht. «Es ist ungerecht», fährt Agneta fort, und Anneli streckt die Hand aus und umfasst die ihrer Freundin mit festem Griff. «Ich will selbst für sie da sein können.» Agneta wischt sich mit der freien Hand über die Wange, aber da sind gar keine Tränen. Sie zieht die andere Hand unter der von Anneli hervor und steht auf, um sich eine Tablette zu holen. Tablettenschachtel und Blister können jetzt ruhig Lärm machen. Sie hört, wie Anneli die Nase hochzieht, anscheinend weint sie. Agneta schluckt die Tablette ohne Wasser, und Anneli kommt zu ihr und umarmt sie von hinten. Wortlos.

«Ich hab es wirklich versucht, aber es ist einfach alles schiefgegangen», sagt Agneta, und Anneli drückt sie noch fester an sich und holt Luft, als wollte sie etwas sagen. «Wenn du jetzt sagst: ‹Alles wird wieder gut›, bring ich dich um», sagt Agneta, bevor ihre Freundin es sagen kann, und Anneli muss mitten in einem Schluchzer lachen.

«Alles ist im Eimer», sagt Anneli. Sie drückt die nasse Wange an Agnetas Schulterblatt.

Anneli steht am Herd und brät Wurst. Agneta hat das Handy in der Hand. Immer schön im Quadrat atmen, sagt der Psychologe in ihrem Kopf. Sie tippt drei kleine Worte ein. Der Sauerstoff kitzelt sie in der Nase. Sie drückt auf Senden.

Ich liebe dich.

Sie müsste sich die Hände wieder eincremen, aber der Zitronenduft ist zu beißend. Und er bleibt immer so lange. Sie zieht sich einen Hautfetzen von der Nagelhaut am Mittelfinger. Es kommt ein Tropfen Blut. Da sieht sie, dass Tilda die Nachricht geöffnet hat. Dann erscheinen drei kleine Punkte auf dem Display.

EINE TOCHTER MUSTERT das Handy. Atmet ein paarmal tief ein. Ist es wirklich das erste Mal, dass sie diese Worte von ihrer Mutter geschickt bekommt? Geschriebene Worte. Sie schreibt sie zurück. Schaut sie eine Weile an. Dann hält sie die Delete-Taste gedrückt und ändert ihre Nachricht in drei andere Worte.

Alles gut, Mama.

Die Tochter füllt ein Glas mit Wasser. Sie trinkt in langsamen Schlucken. Stellt es wieder beiseite. Bückt sich und krault den Hund hinterm Ohr. Er drückt sich ganz nah an sie. Merkt instinktiv, dass irgendwas los sein muss. Streckt sich, um ihr die Hand zu lecken. Die Tochter nimmt das Handy wieder hoch. Holt tief Luft, bevor sie eine neue Nachricht schreibt.

Mittwoch

EINE MUTTER STEHT auf einem Bahnsteig mitten in Nordschweden. Auf dem Schild hinter ihr steht: *Gällivare, 359 m über dem Meeresspiegel, 1313 km bis Stockholm*. Sie stampft hin und her, um sich warm zu halten, als der Zug quietschend hält. Wenn alles gewesen wäre wie immer, hätte sie eine geraucht. Morgendlich zerzauste Fahrgäste schlurfen über den schneebedeckten Boden. Laut Anzeigetafel kommt der Zug fünf Minuten zu früh, aber die Mutter steht schon seit einer Viertelstunde hier. Ihre dicke Daunenjacke verbirgt die magere Figur, die Kapuze den frisch rasierten Kopf. Langsam, aber sicher wird es hell. Eine Tochter steigt aus dem Zug. Sie hat nur einen kleinen Rucksack von Fjällräven dabei, als wollte sie demonstrieren: Ich bleibe nicht lange. Sie hat ihre blonden Haare zu einem großen Ball mitten auf dem Kopf zusammengebunden. Er wippt, wenn sie geht. Die Tochter lässt den Blick über den flachen Berg gleiten, der gleich neben der Stadt beginnt. Der Hund mit den kurzen Beinen schnüffelt am Boden. Springt dann hoch, als sie bei der Mutter angekommen sind. Die Mutter und die Tochter umarmen sich.

EIN MANN MIT Demenz sitzt an einem kahlen Tisch des Seniorenheims, als eine Mutter und eine Tochter den Raum betreten. Er hat ein abgetragenes Flanellhemd an, und die wenigen Haarsträhnen auf seinem Kopf müssen mal wieder geschnitten werden. Die Tochter setzt sich neben den Mann und nimmt seine Hand. Er wendet den Blick zu ihr und lächelt schwach. Vielleicht, weil er sie wiedererkennt, vielleicht auch nur aus Höflichkeit.

«Hallo, Váre, wie geht's?», fragt die Tochter, und sein Blick flackert.

«Komm, wir gehen zu dir rein», sagt die Mutter.

Sie setzt ihn aufs Sofa in eine Ausbuchtung, die sich in vielen Stunden dort gebildet hat. Auf dem Schemel in der Ecke steht ein Akkordeon, das er nie mehr spielen wird. Die Tochter holt ein Paket Kaffee heraus, Löfbergs Lila. Sie macht sich vorsichtig an der Kaffeemaschine zu schaffen. Die Mutter sitzt neben ihrem Vater und redet mit ihm über unwichtige Dinge. Oder eigentlich erzählt sie die meiste Zeit. Über die Menge an Schnee und «ich hab gesehen, dass es Dorsch zum Mittagessen gibt». Die Mutter wird nie alt werden. Die Tochter füllt Wasser in die Maschine und schließt sie an die Steckdose an. Wartet, bis es anfängt zu gurgeln. Die Tochter wird ihre Mutter nie alt werden sehen. Als der Kaffee fertig ist, gießt sie ihn in Becher. *Die beste Oma der Welt* steht auf dem, den sich die Tochter ausgesucht hat. Es gibt keine Milch im surrenden Kühlschrank unter der Spüle. Also trinken ihn alle drei schwarz. So sitzen sie schweigend eine Weile da. Niemand sucht den Blick der anderen. Dafür werden sie später noch Zeit haben.